乗り換え 42
舌男 46
老人の碁 50
おっさんUFO 54
ゼイリブ 59
雲海 63
白尺八 65
青苗 70
七人 76
迷い家 78
内見 84
泥田坊 87

憲兵隊 89
金魂 93
延髄チョップ 97
おーいっ 99
ガントリー 102
ジンクス 103
黄金牛丼 106
だるい部屋 109
小さな手 116
おばあちゃんの味 122
磯釣り 127
静止 132

調光 134
メントール 137
アシスト 144
祖母の家 152
冨野さんのアパートで起こった様々な出来事 156
冨野さんの近所で起こったとある出来事 165
ストーカー 170
友曳き 179
犬鳴き 185
じりじりとんぼ 195
ひとふさ 206
あとがき 220

引っ越し祝い

いまから十数年前、早川さんが社会人になった頃の話である。

あるとき、友人が引っ越したので、週末、そのお祝いに仲間五人で新居を訪れた。

八畳一間のワンルームマンションだが、必要な家具はすでに備わっていたという。

「そこ、家具付きで借りた部屋だって言うんすよ。独身者向けらしいんすけど、部屋が綺麗に整っていたんで、『お前、結構良い部屋、借りたじゃん』って」

ひと通り新居の様子を見せて貰い、その後は恒例の飲み会となった。

結局のところ、引っ越し祝いにかこつけて、宴会で騒ぎたかっただけなのである。

隣室の迷惑も顧みず、若さに任せて盛り上がった。

だが、やがて夜も更けてくると、ひとりふたりと床で寝入ってしまう。

気兼ねする必要はないが、（なんだよ、もう寝ちまうのかよ）と、早川さんは不満に思ったそうだ。

「だったらさ、こいつらの寝てるとこ、ビデオに撮っておこうぜ。カメラを回しっぱなしにしてさ。明日、誰の寝相が一番だらしないかを見てやろう」

まだ起きていた仲間のひとりが、ビデオカメラを構えながら、そんなことを言った。

聞くと、彼はビデオ撮影に凝っており、普段からカメラを持ち歩いているらしい。

なるほど、三脚にカメラを取り付ける手際を見ると、映像機器の扱いに手慣れているのがわかる。

「このまま放っときゃ、勝手に朝まで撮ってくれるからさ」

セッティングを終えると、そいつもフローリングで鼾《いびき》をかき始めた。

早川さんはひとりで最後まで飲んでいたが、いつの間にか眠りこけていたそうだ。


翌朝、調べてみると、ビデオの磁気テープが最初まで巻き戻っていた。

どうやら、テープの終わりまで録画が続いていたらしい。

早速、カメラをテレビに接続して、昨晩撮影した仲間たちの様子を映し出してみる。

「おい、ひでえ格好だなっ！　他人の家なんだから、ちょっとは遠慮しろよ」

気心の知れた仲間どうし、お互いの寝相を笑いながら鑑賞した。

が、暫くすると、なぜか映像が急に暗くなってしまった。

「あれぇ、途中で録画が止まったんか？」

カメラの持ち主が怪訝な声を上げたが、それはあり得ないことだった。
もし途中で録画が止まったのならば、磁気テープは巻き戻ったりしない。
「何で、映像が暗いんだ？」と、早送りをすると――
いきなり、画面が戻った。
やはり、仲間たちの寝相を収めた映像である。
が、何となく違和感を覚えた。
さっきと同様、俯瞰《ふかん》で室内を映した映像ではあるが、どうにも視点がおかしい。
明らかに、その映像は天井付近から撮影されているようなのだ。
三脚から外したのか、手振れも酷い。
「あー、もう誰だよっ！　勝手に俺のカメラ持って、梯子《はしご》に上がった奴は」
そこの部屋は、奥の壁がロフトになっており、細い梯子が立て掛けてある。
梯子を登って手を伸ばせば、天井視点で撮影することができるのだ。
だが、ちょっと待てと、思った。
無理をすれば撮れない映像ではないが、何かが引っ掛かる。
揺れる画面を一時停止にして、フローリングで寝転がっている人数を数えてみた。
ひい、ふう、みぃ……と、全部で六人。

自分を含め、昨晩この部屋で酒を飲んでいた人数と同じだった。

――じゃあこれって、誰が撮っているんだ？

そう呟いた途端、部屋にいる全員が顔色を失った。

「いまでも、意味がわかんないんすよ。わざわざ他人の家に入ってきて、ビデオに悪戯していく奴がいるとは思えないし……でも、そうすると、あの部屋には俺たち以外の〈誰か〉がいたってことになるんすよね……？」

因《ちな》みに、その部屋を借りた友人は、二年ほど住み続けたそうだ。

その間、不思議な出来事は一切起こらなかったという。

スクリューネック・コーク

先日、知人からの紹介で、伊達さんという同年代の男性に話を聞かせて貰った。

彼がまだ、小学生だった頃の体験である。

「スクリューネックの瓶コーラって、覚えているかな？　当時、青酸入りコーラ無差別殺人って事件があってさ。王冠タイプの蓋が危ないから、スクリューキャップに切り替わったんだよ。アルミの栓を捻切って開ける、あのタイプだよ」

まだ、ペットボトルのなかった時代である。

酒屋や駄菓子屋の店頭には、瓶入りの清涼飲料水が普通に並べられていたものだ。

その頃から伊達さんは、大のコーラ好きだった。

友達と駄菓子屋を訪れては、皆で一本のコーラを回し飲みしたのだという。

「でね、あるとき母親が『こんなのが、売ってたよ』って、新発売のスクリューネックのコーラを買ってきてくれたんだ。そりゃあ、栓抜きを使わないコーラなんて初めてだったからさ、ちょっと興奮してきてね」

翌日の放課後に、伊達さんは数人の友達を家に招いた。

皆で騒ぎながら、新しいコーラを飲み回そうと思ったのである。

友達が集まると、早速アルミ製のキャップを指で抓んで、捻ってみた。

だが、キャップはクルクルと回るだけで、瓶から外れない。

アルミ栓が、飲み口の溝とずれているらしく、空回りしてしまうのである。

「それ、不良品だったみたいでね。たぶん、初期出荷品の生産精度が悪かったんじゃないかな。でもそれじゃ、いつまでもコーラが飲めないからさ」

友達が試しても、やはり蓋は開かない。

そこで伊達さんは、押入れから工具箱を出して、道具を使って蓋を外すことにした。

ただ、やたらと瓶を振り回したので、コーラの炭酸が溢れる恐れがある。

部屋を汚すと不味いので、外に出てキャップを外すことにした。

「それで、色々と試してみたんだ。缶切りにドライバー、ペンチ。でも、どれも上手くいかなくてね。最後にハサミの先端をアルミキャップの隙間に差し込んで、無理矢理に外したんだ」

栓が外れるのと同時に「やったじゃん！」と、友達が歓声を上げた。

——そのとき、背後で声が聞こえた。

ぼそぼそと、聞き取り難い声だった。
だが、振り返る間もなく、「早く飲もうぜ」と友達に急かされた。
慌ててひと口飲んで、コーラを友達に渡してやった。
暫くして背後を見回したが、別段、誰もいない。
「さっき、何か聞こえなかった？」と友達に訊ねても、首を横に振るだけだった。

それから数日が過ぎた、昼下がりのこと。
冷蔵庫の棚に、スクリューネックのコーラを見つけた。
母親に了解を取ってから、コップと一緒に居間に持ち込んだ。
だが、やはりアルミのキャップが外れない。
今度も、くるくると空回りするだけである。
「何だ、またかよ」と、呆れた。
もっとも、伊達さんは前回、苦労の末にキャップを開けている。
今度も、ハサミの先端を差し込むことで、何とか外すことができた。
そのとき、背後からぼそぼそと呟くような声が聞こえた。
気になって、振り向くと――

部屋の中に、背の高い外人がいた。

見たことのない白人の男性が、申し訳なさそうにペコペコと頭を下げている。

何かを話し掛けてくるのだが、その言葉を理解することはできない。

それでも伊達さんには『開かなくて、ごめんね』と、男が謝っているように思えた。

だが、ここは自宅の居間である。

見ず知らずの白人男性が、どうしてここにいるのか、理解できなかった。

「お母さーんっ！　知らない人がいるーっ！」

怖くなって、台所へ母親を呼びに行った。

が、母親を連れて居間に戻ったときには、男性はいなくなっていたという。

「ほんと、訳がわからないんだよ。なんでコーラのキャップが開き難かったくらいで、白人が謝りに来たのか……第一、『あいつ、誰なんだよ』って話だから」

そう言って、伊達さんは不思議そうに首を捻った。

カラーボックス

伊織さんは十八歳のとき、バンドミュージシャンと交際していた。

Tという若いギタリストで、女性絡みの噂が絶えない男だったという。

「元々、そのバンドの追っかけをしていて、そこから彼女に昇格したって感じかなぁ。もちろん、Tが女にだらしないってことも、知ってはいたのよ」

だが、当時の彼女にとって、そんなことは大した問題ではなかった。

憧れのバンドマンとつき合えるなら、ただそれだけでよかったのである。

ある日、初めて伊織さんは、Tのマンションに誘われた。

ライブの打ち上げで盛り上がり、そのままのノリで部屋に上がり込んだのである。

Tの部屋は、思っていたよりも綺麗に整理されていたという。

どうやら、同居していた前の女が愛想を尽かし、出て行った直後だったらしい。

「俺、たばこ買ってくるわ。悪《わり》ぃけど、待っててくれよ」

部屋に上がるなり、そう言ってTが玄関から出て行った。

ひとり取り残された伊織さんは、どうにも気持ちが落ち着かない。

「部屋に入った直後から感じてたんだけど、その部屋って空気が重かったのね。それに、何となくだけど……誰かに、体を触られているような感触があって」

台所で飲み物を汲んでいると、〈ツン〉と髪の毛を引っ張られた。

何も置いていない廊下で、なぜか躓《つまず》いたりもする。

もちろん、部屋の中には自分しかいない。

「段々気味が悪くなってきたから、このまま帰ろうかと思ったの。そしたら、Tから電話があって『下で一本吸ったら、すぐに戻る』って言うのね。だから、少し我慢することにしたんだけど」

改めて見回すと、やたらと家具の少ない部屋である。

座った視線の先には、衣裳掛けとカラーボックスが、一台ずつあるだけ。

埃除《ほこりよ》けのつもりか、カラーボックスの前面にはタオルが吊るされていた。

——そのタオルが〈ひょい〉っと、内側から捲られた。

カラーボックスの、二段目の空間。

タオルの向こう側にいる女の顔と、目が合った。

「えっ……⁉」

無意識に、腰が浮いた。

カラーボックスの四角い空間から、知らない女が〈じぃ〉と伊織さんを覗いていた。

まったく生気のない、ガラス玉のような瞳の女だった。

——やがて女は、捲っていたタオルをそっと下ろして、消えた。

（なに……いまのは、何なの？）

伊織さんは呆けたように、同じ疑問だけを繰り返し反芻《はんすう》した。

あまりの異常な出来事に、思考がついて行けなかったのである。

結局、Tが戻ってくるまで、彼女は悲鳴すら上げることができなかったという。

「結局、その晩は訳も言わずに、そのまま帰ったの。Tが愚痴っぽいことを言ってたような気がするけど……よく覚えていないわ。で、それっきり、彼とは会っていないのよ。バンドの追っかけも、やめちゃったし。だって、あんなのを見たら……ねぇ？」

いまでも彼女は、垂れ下がっている布地を見るのが苦手なのだそうだ。

また、〈ひょい〉っと覗かれたらと思うと、どうしようもなく怖くなるからである。

スパルタ

「うちの父は、スパルタっていうか……馬鹿だったのよ。昔のスポ根漫画に感化されちゃったみたいな人で……ほんと、困った親父だわ」

そう愚痴を溢《こぼ》す明美さんは、都内に住む二十代前半のＯＬである。

最近やっと、父親の根性論に振り回されることもなくなったが、それまでは相当に煩《わずら》わしく思っていたそうだ。

「早朝からジョギングさせられて、その後に腹筋、兎《うさぎ》飛び……そのくせ、自分は見てるだけ。あの親父が運動してるところなんか、一度も見たことなかったわ」

物心つく前から、父親は何かと娘にスポーツをやらせたがった。

最初に彼女が習ったのは、水泳。

四歳のときから近くのスイミングスクールに通い始めたので、小学校に上がるよりも先に、泳げるようになっていたという。

小学一年生の夏休み。

家族旅行で、明美さんは初めて海水浴に行った。
広大な海原を目の当たりにし、とても感動したことを覚えている。
だが、砂浜で戯れる余裕もなく、父親が「行くぞ」と彼女をボートに乗せた。
そして、沖に向かって漕ぎだしたのだという。
やがて、遊泳禁止区画のブイに近づくと――
〈ぽいっ〉と、明美さんを海に放った。
救命胴着はおろか、浮き輪すら持たせずに、である。
それもスパルタ教育の一環だったらしいが、やられた側は堪《たま》ったものではない。
準備運動もせずに、いきなり海に落とされたのである。
それでも彼女は、必死になって泳ごうとした。
だが、父親のボートは、どんどんと遠ざかってしまう。
波のうねりが邪魔をして、いつものように上手く泳げないのだ。
無我夢中で、水を蹴ると――
〈ぬるり〉としたものが、足の裏に触れた。
柔らかで、ぶよぶよとした、何か。
（いやだっ、海に何かいるっ！）

そう思った瞬間、息継ぎを間違えて海水を飲み込んだ。

塩辛さに喉を焼かれ、混乱した彼女は海中に沈んだという。

――海の中に、たくさんの幼児がいた。

明美さんと同い年くらいの子もいたが、大半は赤ん坊だった。

幾筋の光芒が降り注ぐ海中で、彼らは明美さんをじっと見詰めていたという。

(海って、赤ちゃんがこんなに沢山いるんだ……)

気を失う寸前、彼女はそんなことを考えた。


目が覚めたとき、明美さんはライフセーバーに人工呼吸されていた。

セーバーたちは溺れる彼女に気づいて、監視所から助けに来てくれたらしい。

「ほんと、許せないんだけど……後で聞いたら、あの馬鹿オヤジ、オタオタするだけで、海に飛び込みもしなかったって」

いまでも明美さんは父親と口論になると、「あのとき、殺されるところだった」と、海水浴の一件を持ち出すそうだ。

するとと父親は、不機嫌な表情で黙り込むのだという。

ガジュマル

「部活帰りにガジュマルの下を通ると、よく頭を鷲掴《わしづか》みにされたんだよ」

都内で商社に勤める上原さんは、沖縄の出身である。

高校では野球部に所属していたという彼だが、当時は毎日のように奇妙な体験をしていたらしい。


「実家近くの公園に、でっかいガジュマルの木が生えていてさ。幹も太かったけど、その枝が四、五メートルほど横に広がって、公園脇の道路の上にまで伸びていたんだよ。高さは、そう……三メートルくらいあったかな。で、そこはうちの生活道路だったからさ。枝の下を通らないと、他所と行き来ができなくって」

上原さんが奇妙な体験をするようになったのは、高校に入学してからだった。

部活の帰り、自転車でガジュマルの枝の下を通ると、上から誰かが頭を掴んでくるのである。

もっとも、そのことで実害があった訳ではない。

帽子越しに脳天をギュッと掴まれ、すぐに離されるだけ。

不思議なことに、日中その枝の下を潜っても、頭を掴まれたことはなかった。

また、学校からまっすぐに帰宅しても、同じである。

部活帰りに夜遊びをしたときにだけ、頭を掴まれるのである。

「うちの高校、地元じゃ有名な不良校でさ。野球部も、半分遊びみたいな部活だったから……練習が終わった後、街でナンパしたり、酒飲んだりしてたんだけど」

そういった晩の帰りには、容赦なく頭を掴まれたそうだ。


ある夜、ガジュマルの枝の下を通り抜ける瞬間、頭を低く屈めたことがあった。

散々頭を掴まれて、いい加減、腹に据えかねていたのである。

上手く避けられたらしく、頭を掴まれた感触はなかった。

(やった、勝った)と、ちらりと頭上を見ると——

数え切れない本数の腕が、ガジュマルの枝から〈だらり〉と吊り下がっていた。

「ひっ⁉　うわっーーーー!」

悲鳴を上げて、上原さんは自転車ごと転倒した。

慌てて、もう一度枝を見上げたが、すでに腕は消えていたという。

そんなことがあってから、上原さんは夜遊びを控えるようになった。

そして、現在。

連休があると、たまに上原さんは沖縄へ帰省している。

そんなときは地元の友達と遅くまで飲んだりもするが、いまのところ、ガジュマルに頭を掴まれたことはない。

枝の下で立ち止まっても、緑葉がサワサワと揺れるだけである。

「高校のときには、『子供が遅くまで、何をやっているんだ』って、ガジュマルが窘《たしな》めてくれていたような気がするんだ。だから……いま、それなりに暮らせているのを、ガジュマルが認めてくれたんじゃないかって、そんな風に思っているんだよ」

そう言うと、上原さんは照れくさそうに鼻を掻いた。

沖縄鮫

怪談会で知り合った、中島くんから聞いた話だ。


学生時代、彼は数人の仲間たちと、夏休みに沖縄で登山を行った。

緑深い沖縄の山林を、川沿いに沢登りしたそうだ。

早朝から出発して、二時間もすると川の途中に滝が見えてきた。

さほど高低差のない滝だが、滝壺の周りが大きく広がって、淵《ふち》になっていたという。

淡い翡翠《ひすい》色の、綺麗な淵だった。

「そこって、登山ツアーの観光客も訪れる場所なんですよ。でも、早めに着いたせいか、僕ら以外に人はいませんでした」

中島くんたちは上着を脱ぐと、早速、淵で泳ぎ始めたという。

元々、その淵での水遊びも、登山の目的のひとつだったのである。

沢登りで火照《ほて》った体に、滝から流れ込む清流が心地よかった。

水底に潜ってみると、滝壺の近くは存外、水深があるようだ。

「さて、そろそろ上がろうか……」
淵に体を浮かしながら、中島くんは何気なく水面を見回した。
すると、見慣れないものが視界の隅に入った。
水面から突き出た、大きな三角形の物体。
青白い光沢を持ったそれは、ゆらゆらと揺れながら淵の周りを漂っている。
(あれって、なんか魚のヒレのような……?)
そう思い、目を凝らした瞬間。
「サメだーーーっ！　お前ら早く上がれっ！」
岩の上で休んでいた仲間が、突然怒鳴《どな》り声を上げた。
(そんな馬鹿な?)と疑いながらも、必死に手足で水を掻いた。
急いで川岸に上がり、背後を振り返ってみると——
体長三メートルほどの魚影が、すぐ傍にまで近づいていた。
体表に鱗《うろこ》がなく、流線形に尖ったその魚影は、どう見ても鮫《さめ》である。
どうやら仲間は全員、無事に岸辺に上がっているようだ。
「嘘だろ?　何でこんなところに……」
尖った背ビレを水上に晒しながら、鮫は悠然と水面に大きな軌跡を描いている。

まるで、岸の上の人間を一人ひとり、品定めしているかのようだった。
中島くんたちは色を失い、ただ呆然と淵を覗き込むばかりである。
やがて鮫は、興味を失くしたように尾ビレで水を掻くと——
〈とぷんっ〉と、滝壺に姿を消してしまった。
それでも中島くんは、水面から目を離す気にはなれなかったという。
すると程なくして、川下からがやがやと賑やかな声が聞こえてきた。
どうやら、登山ツアーの観光客が、大挙して登ってきたようだ。
「えっ、ちょっと……そこで泳ぐのは、やめたほうが……」
忠告する中島くんを尻目に、観光客たちは次々と淵の中へ飛び込んでいった。
仲間たちも懸命にツアーガイドを説得しようとしたが、無駄だった。
「何を、馬鹿なことを」と、ただ呆れられただけだった。
だが、——観光客たちには別段、何も起こらなかったという。
彼らは水遊びに興じるだけで、もちろん鮫に襲われる者などいない。
悲鳴のひとつも、上がらなかったという。
「前に、沖縄の川に鮫が出るって噂は、聞いたことがあったんですよ。でもあれって、河口近くの広い川の話ですよね。僕たちは、あの淵がある山腹まで沢登りしてきたんですよ。途中、何度も浅瀬や、滝を登ったし……まさか、あんなに大きな鮫が、淵まで遡上してきたなんて、考えられないですよね」

——ああいうのも、ＵＭＡって言うんですか？

最後にそうつけ加えて、中島くんは話を終えた。

蛇口

先日、都内の商社に勤める坂東さんと、居酒屋で一緒に飲んだ。

聞くと彼は、学生の頃、ラグビーをやっていたのだという。

四十年近く昔のことだと言うが、がっちりとした骨太の体格が当時を偲ばせる。

色々と学生時代の逸話を聞くうち、こんな体験談を教えて貰えた。


坂東さんがラグビーをやり始めたのは、高校に入学してからだったという。

元々体が大きかったので、半ば強制的にラグビー部に入部させられたらしい。

「その頃は、先輩後輩の上下関係がとても厳しい時代でね。入部した初日に『三年生は人間、二年生は神』って教わったくらいでさ。一年生は……奴隷だね」

それでも、体を動かすのが好きだった坂東さんは、一生懸命、練習に励んだ。


高校一年の夏休みのこと。

地方にある小学校のグラウンドを借り、ラグビー部の夏合宿が行われた。

毎年恒例の、四泊五日の強化合宿である。

「その合宿が、また酷くてね。当時は間違った根性論が広まっていたからさ、どこの学校でも、練習中に水を飲ませてくれなかっただろ？」

坂東さんの部活も同じで、練習中の水分補給は禁止されていたという。

〈精神力を鍛えるため〉という、理不尽な理由からだった。

ただし、このルールには例外があった。

三年生だけは、いつでも自由に水が飲めたのである。

実際、彼らはポリバケツに作り置いた麦茶を、柄杓《ひしゃく》で掬《すく》って飲んでいたそうだ。

一方で、坂東さんたち一年生は、グラウンドの周りをランニングするだけ。

夏真っ盛りの炎天下に、である。

体中から汗が流れ、唾《つば》も出ないほどに喉が渇いた。

やがて我慢ができなくなった坂東さんは、強硬手段に出ることにした。

その小学校の校舎脇には、水飲み場があった。

コンクリート製の流し台だったが、蛇口が校舎側に向けて設置されている。

（あの流し台に隠れれば、誰にもバレないで水が飲めるな）

坂東さんはランニングの最後尾まで下がると、そっと列を抜けた。

そして校舎の物陰を伝って、水飲み場へと向かったのだという。

身を低めながら、流し台の裏に入り込むと――

水道の蛇口から、手が出ていた。

四つある蛇口のうちの、左端のひとつ。

初めは水風船が吊り下がっているのかと思ったが、そうではない。

蛇口の先から白い紐のようなものが垂れおり、それが徐々に太くなって、途中から完全に人間の右手となっているのである。

指が細く、均整の取れた綺麗な手だったが、動いたりはしない。

「何だっ、これっ！」と思わず叫びそうになったが、堪えた。

あまりに喉が渇いて、正直、そんなことはどうでもよかったのである。

ただ、さすがに気味が悪いので、一番離れた蛇口で水を飲むことにした。


翌日も坂東さんは、ランニング中に水を飲みに行った。

場所も、昨日と同じ。

ただひとつ、昨日と異なっていたのは――

増えていたことだった。

昨日あった右手に加えて、その隣の蛇口から左手が伸びていた。
左右で対となった人間の手が、両隣で垂れていたのである。
一瞬、(ここの水は、飲んだらマズいんじゃないか?)と、迷った。
改めて見直すと、蛇口から伸びている両手が、酷く禍々《まがまが》しく思えたのである。
だが、――結局、飲むことにした。
日光に焼かれ、汗を流し尽した状態で、我慢ができる訳もなかったのだ。
「でも、蛇口の水はぜんぜん普通で、飲んでも何てことはなかったよ」

だが、その日の午後、大変な騒動が起こった。
グランドで練習していた部員たちが、次々と倒れたのである。
ある部員は激しく嘔吐し、別の部員は腹部を押さえて悶絶した。
その場でしゃがみ込み、そのまま意識を失った部員さえいた。
全員、三年生だった。
集団での熱中症を疑った顧問は、急いで病院に通報し、救助を求めたという。
幸いなことに、命に別条のある部員はいなかったが、すぐに警察の調査が入った。
「でね、そのとき俺は、蛇口から出ていた手のことを考えていたんだ。あの気持ち悪い手が、何か関係しているんじゃないかって……でも、後で聞いたらさ」

部員たちが倒れた原因は、サルモネラ菌だった。

麦茶を入れたポリバケツを日なたに置いたせいで、短時間に菌が大繁殖したらしい。

三年生だけが倒れた理由も、それだった。

「何て言うかさ……『ざまぁみろ』って思ったよ。自分たちだけ麦茶飲んで、食中毒に罹ってんだからさ。顧問の先生も、保健所から相当に絞られたみたいだったよ」

夏合宿は、食中毒が起こったその日に、解散となった。


後日、坂東さんは部員たちに、蛇口から伸びた手について訊ねてみた。

だが彼以外に、水飲み場に行った部員はいないようだった。

あの両手が何だったのか、いまでもよくわからない。

幽体離脱

「幽体離脱って言うんだよね？　僕は幽霊とかさ、その手のものは一切信じないんだけど……一度だけ、奇妙な体験をしたことがあるよ」

田辺さんは、都内で暮らす四十代後半の男性である。

健康志向の強い人で、数年前から妻と一緒に、スポーツジムへ通っているそうだ。最近ではジム内に仲間も増え、たまに数人で旅行をすることもあるらしい。

「でね、去年の春先に、ジムの仲間と温泉旅行に行ったんだ。全部で八人いたかな。ご夫婦で参加される方もいて。うちの家内は、用事があって行けなかったけど」

そのときの体験談である。

田辺さん一行は、正午過ぎにホテルに到着した。

中部地方のとある湯治場で、全国的にも有名な観光地だった。

早速、荷物をホテルに預けると、その足で観光に出向くことにした。

「有名な○○って神社に、行ってみることにしてね。ホテルから距離があったけど、まぁ、ジムで集まった仲間だからさ。運動代わりに、歩いて行こうって話になって」

ホテルは温泉地の高台にあり、そこから少し坂を下ると商店街に出る。

土産物が並ぶ賑やかなアーケードだが、そこを抜けると景観に新緑が濃くなった。

古くから別荘地として栄えた土地なだけに、広大な庭園を持つ邸宅が多いようだ。

春の薫風《くんぷう》に、仄《ほの》かな湯の香を楽しみながらの漫《そぞ》ろ歩きである。

その道すがら、ひときわ樹々が生茂った、雑木林の前を通り掛かった。

見ると、木立が途中で切れ込んで、その先が上り坂となっている。

どうやら、坂の上には建物があるようだ。

「あれって、廃屋だよな?」と、仲間が指をさした。

坂には柵もなく、そのまま建屋まで歩いて行けそうである。

誰が言うでもなく、「行ってみようか」ということになった。

「さすがに女性陣は行かなかったけど、立ち入り禁止の札もなかったしね。僕を含めて男四人で、その廃屋を見に行くことになったんだ」

朽ちかけてはいるものの、その家は立派な日本家屋だった。

修繕さえすれば、文化財にもなりそうな瀟洒《しょうしゃ》な造りの屋敷である。

ただ、古式めいた建造物なだけあって、じめりとした陰鬱な印象は拭えない。

人が住んでいる気配は、まったく感じられなかった。

「雰囲気が悪いっていうか……何となく嫌な感じがしたんだ。さっきまで騒いでいた仲間も急に黙りこくって、すぐに『戻ろうか』って言い出してさ」

まるで逃げ出すように、その場所から引き返すことになった。


その後、神社の手前で立ち寄った喫茶店で、田辺さんは悪寒を覚えたという。背筋に寒気が走り、軽い眩暈《めまい》も感じる。

「でも、少し休んだら、だいぶ具合が良くなってね。『もう、大丈夫だから』と、皆と一緒に喫茶店を出て、神社に参拝に行ったんだ」

晴天に誘われたのか、神社は観光客で溢れ返っていた。

観光名所と言われるだけあって、風光明媚なお社《やしろ》である。

そのとき田辺さんは、境内の社務所で数珠を購入したという。

ブレスレット替わりの小さな数珠で、他愛ない旅行記念である。

ひと通り見物を終えると、田辺さん一行はホテルへ戻ることにした。

「ところがホテルに帰った途端に、また体の具合が悪くなってきてね。皆には悪かったんだけど、夜の宴会は遠慮させて貰うことにしたんだ」

心配する仲間に「一晩、寝れば治るから」と伝え、早々に部屋に入った。
部屋のベッドに仰向けに寝て、ほっと一息つくと――
いきなり、体が動かせなくなった。
俗に言う金縛りの状態だったが、田辺さんにとっては初めての経験である。
怖くなって、無我夢中で起きようとしたが、無駄だった。
ただ、なぜか首は動かせるようで、ある程度、周囲を見渡すことができる。
(参ったな……このまま、朝になるのを待つしかないか)
そう観念した途端、〈ぐんっ〉と目の前に天板が迫ってきた。
一瞬、天井が落ちてきたのかと思ったが、逆だった。
どうやら、自分の体が天井付近まで浮いているらしい。
(……これは、どういうことだ?)
狼狽して、必死に降りようと足掻いたが、体は浮いたままだ。
すると今度は、視界が横方向へとスライドし始めた。
――気がつくと、満天の星空が広がっていた。
「僕の部屋は二階だったんだけど、いつの間にか屋外の駐車場に出ていたみたいで
……それも、金縛りで体も動かせなくて、仰向けで寝たままでさ」

（どうも自分は、寝ながら空中を漂っているようだ）と、田辺さんは理解した。

視界の端に見える風景は、人の頭より数十センチ高い程度である。

いつの間に下ったのか、二階にあったホテルの自室よりは、少し低い位置に浮かんでいるようだ。

もっとも、心の中では（こんなの、馬鹿げている）と、自嘲する気持ちが強かった。

すると、体が再び移動を始めた。

頭頂部を先頭に、仰向けに寝転んだ姿勢のまま、横方向へと動いていくのである。

まるで、病院のストレッチャーで運ばれているかのように、頭の先から風景が次々と流れていった。

ホテルの敷地から、商店街、そして緑深い住宅地へ。

どうやら昼間に歩いた道程を、トレースしているようだった。

そのとき、ふと嫌なことに気がついた。

（これって、あの廃屋に向かっているんじゃないか……？）

やがて視界の先に、朽ちかけた日本家屋の外壁が見え始めた。

「でも、進むスピードが、まったく落ちないんだよ。体がどんどん廃屋に近づいて、このままだと『玄関にぶつかる』って焦ったんだけど」

しかし、衝突の痛みを感じることもなく、そのまま体は玄関の引き戸を突き抜けた。
そして、暗い廊下をまっすぐに進み、今度は襖の欄間をすり抜けると――
だだ広い仏間の中心で、止まった。
やはり、体は仰向けに寝た姿勢のままで、体は自由に動かせない。
（何だ、ここ……どうして、こんな場所に来たんだ？）
不安な気持ちで周囲を探ると、〈わしゃわしゃ〉と妙な雑音が聞こえ始めた。
最初は耳鳴りだと思ったが、違っていた。
――ざらついた、女の声だった。
その声は、空中に浮かんだ自分の〈真下〉から聞こえてくる。
どうやら自分は、女性の上に浮かんでいるようである。
無理矢理に首を回して、仰向けに浮遊する自分の背中側を窺おうとした。
女性は正座をしているらしく、畳の縁に着物の袖が載っているのが見えた。
艶やかな赤い柄の、大振袖のようだ。
『ぐぅじゅうじゅじゅゆゆゆ　うじゅゆじゅじゅううぅ　じゅゆゆゆゆ』
突然、女の声が大きくなった。
念仏のように抑揚のある音声だが、経文ではない。

まるで意味を為さない言葉の羅列が、陰鬱に響くだけである。
その声は徐々に大きくなり、ぐらぐらとうねるように耳朶《じだ》を揺さぶり始めた。
「うわっーー、頼むっ、やめてくれっ！」
気が狂いそうな大音声に耐え切れなくなり、田辺さんは思わず悲鳴を上げた。
——声が、やんだ。
部屋中を軋ませていた大音声が、一瞬で聞こえなくなったのである。
息遣いも、衣擦れの音もなく、まったくの無音だ。
(俺の頼みを、聞いてくれたのか……？)
ほっとして、気を緩めると——
〈ドンッ！〉と、背中に何かがぶつかった。
浴衣越しに、〈ざらり〉とした感触を覚える。
(これって、髪の毛か？　……じゃあ、女の頭が背中に当たったんだ)
そう思った瞬間に、ゾッとした。
もし女が、立ち上がって頭をぶつけたのだとすると、高すぎる。
田辺さんの視点から考えると、身長がゆうに二メートルを超えているはずだ。
「……お前っ、一体、何なんだよ！」

我慢できずに、田辺さんは怒鳴り声を上げた。

いまだに体は動かせないが、そんなことはどうでも良かった。

とにかく、この場から逃げ出したい一心である。

すると――〈ドンッ！〉と、再び背中に衝撃を感じた。

しかも今度は、先ほどよりも勢いが強い。

〈ドンッ！　ドンッ！　ドンッ！〉と、連続して背中に激痛が走った。

どうやら女が、頭で何度も田辺さんの背中を突いているらしい。

「おいっ⁉　やめろよっ！　何してんだ、痛いってっ！」

必死になって叫んだが、女は一向にやめてくれない。

ドンッ！　ドンッ！　ドンッ！　ドンッ！

繰り返し背中を突かれ、あまりの痛みに気が遠くなった。


次に目が覚めたとき、天井がやけに眩しかった。

「田辺くんっ、大丈夫？」

声を掛けられ、ようやく意識がはっきりしてきた。

どうも自分は、病院のベッドに寝かされているらしい。

心配そうな表情の仲間たちが、周りを囲んでいる。

「状況がわからなくてね。何が起こったのか、聞いたんだ。そしたらさ、僕が喫茶店で意識を失ったんで、救急車を呼んだって言うんだよ。昼間、神社に着く前に寄った、あの喫茶店だよ……つまりさ、僕はまだ神社に行っていなかったんだ」

だが、左手を見ると、小さな数珠が填《は》まっていた。

田辺さんが神社の売店で購入した、土産物のブレスレットである。

「だから……意味がわからないんだ。もし、幽体離脱の記憶が夢だとしたら、神社を訪れたのも夢じゃなきゃ、辻褄が合わないんだけど……」

病院での診察では、田辺さんの体に別段異常は認められなかったという。

しかし、大事を取って、彼は翌日に帰宅することにした。


数日後、田辺さんは改めて○○神社を訪れてみたそうだ。

あの晩に体験した数々の出来事が、どうしても夢だとは思えなかったのである。

しかし、社務所の陳列棚を探してみると、なぜか数珠が見つからなかった。

売り子に聞くと、「仏具なので、数珠は販売していません」と言われた。

ただ、田辺さんの記憶にある境内の風景は、実物と寸分の違いもなかったという。

本来なら、一度も訪れたことがないはずなのに、である。

「何がどうなっているのか、まったくわからないんだよ。どこまでが夢で、どこからが現実だったのか……それでさ、あの廃屋にも、行ってみようかと思ったんだけど……やっぱり、やめておいたよ。行ったらさ、もう戻ってこれないような気がしてね」

左手に填めていた数珠は、神社の賽銭箱に投げ入れてしまった。

あの女と、何らかの関係があるような気がして、気味が悪かったからである。

乗り換え

先日、上条さんが都内の地下鉄で体験した話だ。

電車に乗り込むと、ちょうどひとり分の座席が空いたので、腰を下ろした。

昼食時を幾分過ぎた、平日の午後である。

混雑と言うほどでもないが、座れない乗客がちらほらといる。

向かいの座席の前にも、女性がひとりで立っていた。

背を向けているので顔は見えないが、二十歳そこそこの若い娘さんらしい。

(――ああ、いけないいな)

思わず、上条さんは腰を浮かした。

その女性の肩越しに、小さな手のひらが見えたからである。

わらび餅のようにふっくらとした手が、〈ぐっ、ぱっ〉を繰り返していた。

さすがに、赤ん坊を抱いた娘さんを、立たせているのは忍びない。

お座りなさいと、声を掛けようとして――やめておいた。

地下鉄の暗い窓ガラスに、女性の正面が映っていたからだ。

そこにはスマホを弄る女性の姿があるが、赤ん坊は見えなかった。

「ちょっと、驚いてね。私はてっきり、女性が両手で赤ん坊を抱っこしているものだと思っていたからさ。もしかして、見間違えたのかと思って」

席は譲らず、そのまま腰を据え直した。

やがて電車が次の駅に停車すると、向かい席の乗客が降車していった。

入れ替わりに、先ほどの女性が座席に座った。

……えっ？

胸元に、赤ん坊がいた。

水色のベビー服を着た、玉のように可愛らしい赤ん坊である。

（なんだ、やっぱり子連れだったのか……）

そう思う一方で、赤ん坊を抱いた女性に何となく違和感を覚えた。

どうにも、不自然に見えるのである。

気になって、何度もちら見をしていると——

違和感の正体に、やっと気がついた。

その女性は、抱っこ紐を使っていなかったのである。

かと言って、両腕で赤ん坊を抱いている訳でもない。

何の支えもなく、赤ん坊は女性の胸元にしがみついているだけなのだ。

すると——赤ん坊が、〈くるり〉と、こちらを振り向いた。

そして、「あーーー」と声を上げながら、目一杯、上条さんに片手を伸ばしてきた。

「うわぁぁあっっっ‼」と、堪《たま》らず大声を上げた。

車両中の視線が、上条さんに集中する。

慌てて席を立つと、彼はそのまま隣の車両へ移動した。

（……あんなもの、関わらないほうがいい）

理由はないが、そう確信した。

数分後、電車が目的の駅に到着すると、急いで降車した。

横目で車内の様子を窺ったが、赤ん坊の姿は見えなかったという。

「それで、とにかくホームから離れたんだ。そしたら……」

改札口に向かう上条さんを、営業職らしい女性が、ヒールを鳴らしながら追い越して行った。

先ほど、上条さんの隣の座席に座っていた女性だった。

——背中に、あの赤ん坊が貼りついている。

女性が、そのことに気づいている様子はなかった。

「さすがに、声を掛けてやる気にはならなかったよ。まぁ、教えたところで、理解されないだろうしね。それで、あの赤ん坊だけど……あれって、乗り換えたってことなんじゃないのかな?」

顰《しか》め面で、上条さんは呟くように言った。

舌男

私ね、千葉の○○って駅から、毎朝、東京方面行きの電車に乗るんだけど、最近、よく舌男を見るの……そう、シタオ。

いや、違うのよ……私が勝手につけた名前だから、本名なんて知らないわ。

ただねぇ、舌が異様に長いの、そいつ。

だから、舌男。シンプルでいいでしょ?

でも、ほんとはキショいから、顔も見たくないんだけど……

なんて言うかな。舌男って、すっごくだらしない顔をしているのね。

いつも口を大きく開けて、舌を〈だらん〉って垂らして。

その舌がね、牛タンみたいにやたらと長いのよ。

電車が揺れるたびに、ぶらんぶらんって……

いやね、話すのも気持ち悪い。

それでね、理由は知らないけど、私、必ずアイツと目が合うのよ。

って言うか、舌男、私のことしか見てないみたい。

もちろん、知り合いじゃないし、どこかで会った覚えもないんだけど。
ただね、舌男と乗り合わせるときって、ひとつだけ良いことがあるのよ。
不思議とね、必ず座席に座れるの。
それって、すごいことだと思わない?
だって、ラッシュアワーのすし詰め超満員電車だよ。
普段だったら、座れるどころか、吊革だって奪い合いなんだから。
でもね……初めて舌男を見たときは、結構ビビったかなぁ。
いつもの電車に乗ったら、連結部のところに舌を垂らした男がいたの。
それで、じーっと私のことを見詰めていて。
でも、そのときは(何か、変な人がいるな)って思っただけだったわ。
そしたら、目の前の席がひとつ、急に空いたのね。
ラッキーって、すぐに座ったんだけど……
気がついたら、目の前にその男が立っていたのよ。
ちょっと驚いたけど、(この人、なに?)って、様子を窺ったの。
そしたら、そいつ……だらだらって、いきなり涎《よだれ》を垂らし始めたのよ。
でも、走行中の満員電車よ。

涎がびちゃびちゃって、周りに飛んで、飛んで。
だけど皆、なぜか平気な顔をしているのよね。
だって、シャツとかスーツに、涎が掛かりまくってるのよ？
そんなの普通、あり得ないと思うんだけど……
あぁ、私？　それが変なんだけどね。
私には一切、涎は飛んでこなかったわ。
でも、足元の床には、涎が水溜りみたいになってたかなぁ？
とにかく……私、気分が悪くなっちゃって。
まだ目的の駅じゃなかったけど、次で慌てて降りたのね。
こんなの、冗談じゃないと思って。
それで、少し待ってたら次の急行が来たんで、乗り込もうとしたのよ。
そしたら、電車の中にいた男が、いきなり口を開けて――
〈だら～ん〉って、長い舌を私に見せつけてきたの。
どうやったのか、わからないけど……あの男に、先回りされたんだと思って。
電車に乗るのをやめて、ホームから逃げちゃったわ。

でもねぇ、最近はもう舌男のこと〈どうでもいい〉って思っているの。
って言うか、ジタバタしても無駄っぽいし。
それにアイツがいると、満員電車でも必ず座れるから、それはそれで便利かなって。
えっ、舌男？　もちろん、いまでも私の前に必ず立つわよ。
やっぱり、涎をだらだら垂らしているし、私のことをずっと見詰めているわ。
でも、痴漢よりはマシよ。ベタベタ触って来る訳じゃないし。
寝たふりしてれば、いつの間にかいなくなっているから。
ただ、後で考えたら、ひとつだけわからないことがあるの。
私が、初めて舌男を見たときのことなんだけど……
電車を乗り換えたら、舌男が先回りしてたって言ったでしょ？
でもね、あのときの舌男って、ぜんぜん別の男性だったような気がしているの。
だって、着ている服が違っていたし、顔も別人だったように思えて。

もしかしたら、舌男って……他にも、沢山いるんじゃないかしら？

老人の碁

行きつけの居酒屋で、Nさんという男性と相席した。

話し掛けてみると、彼はプロの棋士なのだという。

「囲碁のプロって、頭の回転がすごく速いんでしょう？　それに過去の棋譜《きふ》とかも、膨大な枚数を記憶していたりするんだ？」

無礼とは承知しつつも、興が乗って色々と質問攻めにした。

「まぁ、確かに思考力も、記憶力も必要ですけど……最近、それだけじゃ足りないって思うようになりましてね。感性って言うのかな、そういうのも必要じゃないかって」

そう言うと、Nさんはこんな話をしてくれた。


昨年の夏、Nさんは仲の良いプロ棋士と、三人で飲みに行った。

碁会所で久しぶりに顔を合わせ、「暑気払いにでも」という話になったのである。

通り掛かり、たまたま目についた居酒屋の暖簾《のれん》を潜ってみる。

店内にはカウンターに椅子席が六つと、奥座敷にテーブルが二卓。

まだ時間が浅いせいか、店内には先客がひとりしかいなかった。

店主に勧められ、奥座敷に腰を下ろした。

酒と醬油《しょうゆ》で煮しめたような古い居酒屋だが、気取りのない分、居心地が良い。

乾杯して、酒席が盛り上がってくると「楽しそうだね」と、カウンター席に座っている先客から声を掛けられた。

朗らかな様子の、ご老人だった。

「初対面でしたが、すごく陽気な人でした。それで、気がつくと座敷席で一緒に飲んでいましてね……その人、会話が面白いんですよ。それで、あれこれと話が弾んで」

――へー、じゃあ、お兄ちゃんたち、プロの碁打ちなんだ。

お喋りを続けているうちに、老人が興味深げな声を出した。

どうやら、この老人も碁を打つらしい。

「もし良かったらさ、一局お願いできないかな？　ここ、碁盤もあるから」

見ると、確かに座敷の隅に碁盤と石が置いてある。

「でも普段は、お断りさせて頂いているんですよ。もちろん、私たちは碁で商売させて頂いている身ですし……プロとして、色々と気を使いますから」

ただ、そのときは（この人なら、良いか）と思った。

この陽気な好々爺《こうこうや》に、好意を抱いていたのである。

「じゃあ、僕がお相手をしましょうか」

そう言って、三人の中で一番若い棋士が打つことになった。

もちろん、相手が素人であることは承知の上である。

だが、驚いたことに――彼は、あっさりと負けてしまった。

しかも、対局が始まって、ものの二十分と経たないうちに、である。

「お前、ちょっと花を持たせ過ぎだよ。それじゃ、却って失礼だ」

そう言いながら、もうひとりの棋士が、老人との対局を希望した。

先ほどの台詞《セリフ》とは裏腹に、彼の表情は真剣そのものだった。

――彼も、まったく歯がたたなかった。

「あり得ないんですよ。プロの棋士が、素人に立て続けに負かされるなんて。でも、ふたりの対局を見ると……彼らが、手を抜いたようには思えなくて」

最後に対局したNさんは、だいぶ粘ったらしい。

だが、やはりその老人には敵わなかった。

対局して実感したが、明らかに老人のほうが数段上手なのである。

圧倒的な実力差を見せつけられ、三人はすっかり酔いが醒めてしまった。

「あの、存じ上げず、失礼なのですが……もしかして、プロの方でしょうか？」

憚《はばか》りながらも、おずおずとNさんが訊ねた。

だが、老人はからからと笑って、「とんでもない」と否定する。

「聞いたら、正真正銘の素人だって言うんですよ。アマチュアの大会に出ても、一勝できるかどうかだって。でも、とても素人の打ち筋とは思えなくて」

そんなはずはないと、Nさんが食い下がると——

「いや、俺さぁ、プロが相手だと一度も負けたことねぇんだよ。自分でもわかんねぇんだけど……ピーンとくるんだよ、『ここの目に、打ったほうが良い』ってさ。それで、カン働きだけを頼りに打っていると、いつの間にか勝っているんだよね」

あっけらかんと、老人はそんなことを言った。


「でも、漫画でもあるまいし……気になって、少し調べさせて貰ったんですよ。でも、やはりあの老人は素人でした。だから、囲碁には頭脳や経験とは別の『何か』が、必要なんじゃないかと思えるんです。それって僕には、感性としか表現ができなくて」

Nさんはその後、〈誰にも言わずに〉二回ほど老人と再会したらしい。

いまのところ、一度も勝てていない。

おっさんUFO

山崎さんという、四十代後半の男性から体験談を聞かせて頂いた。

彼がまだ、小学五年生だった頃の話である。


「当時は夏休みになると、家族で親父の実家に帰省していたんだ。で、その家には、ちょうど同い年のいとこがいてね。毎年、一緒に遊ぶのが楽しみでさ」

実家は信越地方のとある田園地帯にあり、子供が遊ぶ場所には事欠かなかった。

帰省のたび、ふたりで近くの野原や田んぼを駆けずり回ったという。

ただ、帰省中の山崎さんには、ひとつだけ不満に思っていたことがあった。

盆の入りから明けまで、大好きな魚釣りを禁止されてしまうのである。

「実家の祖父《じい》ちゃんが『お盆に殺生は駄目だっ！』って厳しくてね。近くにフナが釣れる貯水池があったんだけど、近づいただけで怒られるしさ……そしたら」

「だったら、夜釣りに行こうよ」と、いとこが提案してくれた。

夜更けに出掛けて、日が昇る前に戻れば、絶対バレないと言うのである。

「夜中のほうが、良く釣れるぞ」と言われると、反対はできない。綿密に話し合い、深夜に家を抜け出す計画を立てた。


その晩、貯水池は波風もなく静かだった。

雲間から差し込む月光だけが、池の周りを仄かに照らしている。

早速、ふたりはフナ釣りの仕掛けを水中に落とすことにした。

「それが、凄い爆釣《ばくちょう》でね。一時間もしないうちに魚籠《びく》が一杯になるくらい、釣れまくったんだ。もちろん貯水池には僕らしかいないし、ほんと釣り放題だったよ」

釣りを始めて、一時間も経った頃。

山崎さんの釣り糸が、いきなり〈ぐんっ〉と強く引っ張られた。

いままでとはまったく違う、強烈な引きだった。

持っていた竿が大きくしなり、引かれた勢いで体が前につんのめってしまう。

「やべぇっ、落ちる！」

頭から貯水池に落ちそうになった、その瞬間。

咄嗟《とっさ》にいとこがシャツの襟首を掴み、引き戻してくれた。

が、そのとき山崎さんは、池の水中に肌色の〈何か〉を見たという。

はっきりとしないが、人の顔だったような気がした。

「いまさ、池の中に何かいたみたいだけど……見なかった？」

仕掛けを失った釣り糸を手繰《たぐ》りながら、いとこに話し掛けた。

どうやら、つんのめって竿を振り回した拍子に、糸を切ってしまったらしい。

「えっ、俺は何も見てないけど、自分の顔でも映ったんじゃないか？」

そう言われると、返す言葉はない。

だが、どうにも腑《ふ》に落ちず、貯水池を見渡した。

――水の上を、何かが動いていた。

鶏卵のように下膨れた形状の、肌色をした物体。

目を凝らすと、それはつるつるに禿げた男性の頭部に見えた。

眉毛が野太く、ぎらぎらと脂《あぶら》ぎった中年男性のようだが、なぜか妙にすました表情をしている。

まるで氷上に舞うスケーターように、滑らかに水面を動き回っていた。

（あれって……誰かが、池で泳いでいるのか？　でも……）

もし、人が水上に顔だけ出して泳いでいるのならば、水面に波が立つはずである。

だが、池の水は鏡のように平らかで、波紋ひとつ立っていない。

つまり、あの中年男性には体がなく、頭部だけが水上に浮かんでいることになる。
「……なぁ、お前もアレ、見えているか？」
困惑した山崎さんは、いとこに訊ねてみた。
あまりに奇想天外な光景すぎて、自分の目が信じられなくなったのである。
だが、いとこを振り返ると――
彼は、すでに右腕を大きく振りかぶっていた。
その拳に、大きな石が握られているのが見える。
どうやら彼は、中年男性の頭に狙いを定めているようだ。
「バッ、おまっ、やめ……っ！」
止める間を与えず、いとこは中年男性の頭に目掛けて石を投げつけた。
次の瞬間、貯水池に〈ぼちゃん〉と大きな水音が響く。
石は的に当たらず、虚しく水面に落ちただけだった。
だが、石を投げられて腹が立ったのか、中年男性の頭がこちらへ向かってきた。
憤怒の形相を浮かべ、それこそ〈飛ぶ勢い〉で迫ってきたのである。
あまりの恐ろしさに、山崎さんは思わず足が竦んでしまった。
中年男性の頭は、そのままの勢いで岸を飛び上がってくると――

〈ぽんっ〉と、いとこに蹴られた。

サッカーボールを蹴り返すような、軽めのキックだった。

だが、蹴られた頭は、大きな弧を描いて池の中心に向かって飛んでいった。

その後、一度だけ水上に跳ねてから、〈びゅん〉と風を切って、遠くの空へと飛び去ってしまった。

それっきり、二度と姿を見せなかったという。


「……後でいとこに聞いたらさ、『足元に来たから、思わず蹴った』んだって。でも、あんな変な生き物を見たのは、生まれて初めてだって言っていたよ」

実家に戻っても、あれが何だったのか、大人に聞くことはできなかった。

お盆の最中に、魚釣りをしたことがバレてしまうからである。

釣った魚も、すべて貯水池に放してきたそうだ。

「でね、この話をすると『結局、その頭は何なの？』って、必ず聞かれるんだけど……俺は、おっさん型のUFOじゃないかと思っているんだ。空中に浮いていたし、最後は『びゅん』って、飛んでいったからさ。あれは、おっさんUFOだよ」

うんうんと頷きながら、山崎さんは体験談を語り終えた。

ゼイリブ

「幽霊？　幽霊を乗車させた経験はありませんね……でも、宇宙人なら乗せましたよ」

都内でタクシーの運転手を営むAさんに「幽霊を見たことはありませんか？」と、質問したときの返答である。

意外な答えに興味をそそられ、詳しい話を聞かせて頂いた。

「いや、つい三ヵ月前のことなんですけどね。夜中に、渋谷でお客さんを乗せたんですよ。確か、終電が過ぎた時刻だったのかなぁ」

その客は酔っている様子もなく、遅い残業帰りといった風情《ふぜい》だった。

行き先を聞くと、渋谷から三十分ほどの場所だという。

「で、早速、車を走らせたんですけど……退屈になったんでしょうね。そのお客さん、アンタと同じに『幽霊、乗せたことある？』って、私に聞いてきたんですよ」

元々Aさんは、客との会話が嫌いではない。

「幽霊って、ホントにいるんですかね？」と、相手の話に乗ることにした。

暫くの間、「いるんじゃないか？」、「いや、そんなはずない」と、その客とのお喋りを楽しんだ。

すると突然、その客が「あっ、そういえばっ！」と声を上げた。

「いきなりだったんで、びっくりしましてね。『お客さんっ、どうかされました？』って、慌てて聞いたんですよ……そしたら」

「そういえば、俺、宇宙人だったわ」と言う。

さも、〈うっかり忘れていた〉ような口調だったが――

さすがに「そうでしたか」とは、言えなかった。

Aさんは返答に困ってしまい、会話はそれっきりとなった。

「でね、それから半月ほど経った頃、深夜の歌舞伎町でお客さんを拾ったんですよ。その人、飲み会の帰りだったみたいで、だいぶ酔っていらしてね」

呂律の怪しい客を相手に、何度も行き先を聞き直すことになった。

もっとも、悪い酔い方をしている様子ではない。

酔って機嫌が良いのか、終始親しげにAさんに話し掛けてきたという。

「それが、そのお客さんね、自分から『俺、宇宙人なんだよね』って言い出したんですよ。ただ、相手は酔っ払いですし……『それはすごいですねぇ』なんて、適当に話を合わせたんですよ。そしたら、えらく饒舌に自分のことを話し始めて」

——現在、自分は地球での調査任務に就いている。

——地球人の生態は、非常に興味深い。

——今度の長期休暇に、やっと自分の星に帰省ができる、等々。

酔っている割には、随分と創造力に富んだ〈自己紹介〉を滔々《とうとう》と語るのである。

もちろん、そんな与太話をまともに信じる気にはなれない。

「ただね、目的地に着いた後で気づいたんですけど、そこって前に『自称宇宙人』のお客さんを下ろした場所だったんですよ……同じ場所に『宇宙人』を二回も送り届けるなんて、変わった偶然もあるものだと感心しましてね」


そして、つい最近のこと。

日勤中に、神保町駅の近くでひとりの客を拾った。

実直そうなスーツ姿の男性だったが、指示された行き先に覚えがあった。

以前、「宇宙人」たちを、送り届けた場所と同じだったのである。

「それでね、ちょっと世間話でもするつもりで『こないだ、そこに宇宙人の方を運んだんですよ』って話をしたんですよ。そうしたらですね」

「あ〜、あの辺りって、宇宙人多いんだよね」と、客が答えた。

驚いて聞き返すと、その客も「私、宇宙人ですよ」と言うのである。

「結構、ノリの良い人だなと思って。だから私も、調子を合わせて『お客さん、そんなことをバラしても、大丈夫なんですか？　いま住んでいる場所を、日本政府とかに知られたら、マズいんじゃないの？』って聞いてみたんです」

すると客は、後ろからAさんの腕を〈ぎゅっ〉と掴んで――

『もし、余計なこと喋ったら……どうなるか、知ってますよね？』と言った。

バックミラー越しの瞳は、まったく笑っていなかったという。


「あの三人が、本当に宇宙人だったのかどうか、私にはわかりませんね。ただ、送った先の住所だけは、まだ誰にも教えてないんですよ……だって、あんなこと言われたら、さすがに怖いじゃないですか」

――だから駄目ですよ。いくら聞かれたって話しません。

先に釘を刺されてしまい、結局〈宇宙人の住処《すみか》〉は聞けずに、取材が終わった。

雲海

以前、宮下さんが九州にある○○連山で、登山をしたときの話だ。
早朝から歩き通しで、午後四時前に山頂近くの山荘に辿り着いた。
早速、山登りの装備を解いて、二階にある宿泊室でひと休みをする。
窓の外を見ると、薄紫色に色づいた雲が眼下に広がっていた。
その山は標高が高く、山頂付近から雲海を見下ろすことができる。
まさにそれは、遠く彼方まで続く大海原さながらの光景だった。
宮下さんは窓辺に佇みながら、闇色に染まりゆく雲海を眺め続けたという。
すると――凪《な》いでいた雲の一部分が、急に大きくせり上がった。
そして雲の下から、〈金属的な何か〉が浮上してきた。
途轍もなく巨大で、楕円形の物体。
（えっ！　何だ、これ？）
思わず腰を浮かし、窓外の光景に釘づけとなった。

その物体は、夕闇の中で自らが銀色に輝きながら、雲海の上をゆっくりと横方向へ移動していく。

明らかに、飛行機や飛行船ではなかった。

やがてそれは移動を止めると、再び雲海の中へと沈んでしまった。

暫く窓の外を見詰めたが、それっきり姿を現さなかったという。

「でも、不思議だったのはさ、私以外に〈アレ〉を見た者がいなかったことなんだ。宿泊室もそうだが、山荘の外にも登山客が数人いてね。皆、雲海を見物していたはずなんだが……誰ひとり、騒ぎ声を上げなかったんだよ」

その後、宮下さんは何度か同じ山を登ったが、あの物体を見ることはなかった。

白尺八

昨年の忘年会で、八重沢さんという男性と話をした。

聞くと彼は、若い頃に奇妙な体験をしたことがあるのだという。

「是非、聞かせて欲しい」と、その場でメモを取らせて貰った。


八重沢さんの趣味は、ジャズ鑑賞である。

小学生の頃、親戚にLP盤を譲られてから、ずっとその趣味を続けているそうだ。

「最初に貰ったレコードは、コルトレーンのビバップだったよ。それからは小遣いを貯めちゃあ、レコード店へと通うようになってね。ロリンズにガレスピー、もちろんルイ・アームストロング。そのうちに、クールジャズなんかも聴き始めてね」

幼いながらジャズを嗜《たしな》むうちに、いつしか自分でも楽器を吹いてみたいと思うようになった。

テナーサックスに憧れたが、子供の身では値段が高くて手が出せない。

結局、彼の念願が叶ったのは、大学に入ってひとり暮らしを始めてからだった。

「それでも、中古品だったけどね。まぁ、マウスピースを交換すればいい訳だし……初めて、自分のサックスを手にしたときは、すごく嬉しくってね」

だが、八重沢さんはテナーサックスの演奏方法を学んだ経験がなかった。

また、独学で練習するにしても、当時彼が住んでいたアパートでは無理である。大きな音を出せば、隣近所から苦情が来るのは目に見えていたからだ。

なので八重沢さんは、夕方、近くの河原へ行って練習することにした。

「それが、ぜんぜんダメでね。まぁ、基礎も学ばずに、いきなり曲を弾こうってのが、土台間違っているんだけど……それでも、やっぱりサックスをやりたいからさ」

毎日、夕方になると、必ず河原へ赴いた。

例え素養がなくとも、熱心に練習をすれば、それなりにコツは掴めるものである。演奏の手引き書を読み終える頃には、ポピュラーなスウィング程度なら、なんとか指が旋律を追えるようになったという。

そうなると、益々練習が楽しくて仕方がない。

大学の講義から帰ってくると、急くように河原へ出向いたそうだ。

奇妙なことが起こり始めたのは、その頃からである。

夜、寝ると必ず、決まった夢を見るのだ。

見る夢は、二通り。

どちらも、音楽に関係する夢だった。

「ひとつは、凄くハッピーな夢でね。俺がライブ会場で、マイルズや、コルトレーンみたいな超有名ミュージシャンとセッションをしていて……いや、さすがに自分でも、おこがましい夢だとは思ったけど」

ただ、その夢を見た後は、いつもよりサックスが上手く吹けたのだという。

心なしか、奏でる音も透き通って聴こえるのである。

――だが、問題なのは、もうひとつの夢だった。

部屋の中に、僧衣を着た男が現れるのである。

爪の先から禿げた頭のてっぺんまで、色を失くしたかのように真っ白な男だった。

その手には白い尺八を携えていたので、或いは虚無僧《こむそう》なのかもしれない。

そして、そいつは――八重沢さんの目の前で、一心不乱に尺八を吹くのだという。

だが、なぜか音は聞こえてこない。

僧衣を着た男の双眸は深く窪んでおり、眼球は失われているようだ。

「俺の夢に、何でそんな奴が出てくるのか、意味がわからなくて。でもさ、それだけなら、まだいいんだが……その夢を見た後に、ちょっと困ったことが起きてね」

サックスが、まったく鳴らなくなるのである。

どういう理由なのか知れないが、いくら頑張っても音が出せないのだ。

不思議なことにその現象は、夢に僧衣の男が現れた日にだけ、起こったという。

「だから、寝る前に『白ハゲ、出てくんな』って念じながら寝たよ。でも真逆にさ、アイツが出てくる回数は、日を追うごとに増えていってね」

男は部屋の隅に立つこともあれば、枕頭から覗き込んでくることもあった。

音のしない尺八を吹くだけで、他には何もしない。

夢の中の出来事なので、その間、八重沢さんは体を動かせなかったという。

大抵は、いつの間にか消えていなくなった。

「それでもさ、あの真っ白な男は夢の中に現れているだけだって、思い込んでいたんだよ……でも最後のほうは、あれが夢か現《うつつ》か、自分でもわからなくなっていたかな」

と言うのも、稀に男が、朝方まで尺八を吹いていることがあったからである。

そうなると、夢が現実と地続きになってしまい、双方の境目が曖昧に思えてくる。

また、毎日が寝不足で、大学の講義を休む回数も増えてしまった。

色々と悩んだ末、八重沢さんは愛用のサックスを手放すことにした。

音の鳴らない楽器を持っていても意味がないと、決断したのである。

「だから楽器を演奏することはやめて、聴くだけの趣味に落ち着いたんだよ。それでも、ジャズを愛する気持ちは変わらないからさ。ただ、いまだに納得できないこともあってね。あの白い男って……なんで、俺がサックスを吹くのを邪魔したのか、その理由を知りたい気もするんだよ」

サックスを処分してからは、八重沢さんの夢にあの男が現れたことはない。

青苗

知人の紹介で、瑠奈さんという女性に取材をさせて頂いた。

聞くと彼女は、三十代半ばの年齢で、貿易関係の会社を経営しているのだという。

取り扱う商品は、主に関東近県で収穫された農作物である。

個別に農家と契約を結び、質の高い野菜や、果物だけを輸出しているそうだ。

「もちろんビジネスでやってますけど、日本の農作物を世界に広めたいって気持ちが強いですね。ご契約頂いている農家は、丁寧な作業をされている方ばかりですから」

最近では農家からの買い付けだけでなく、農作物の品種改良や、無農薬農法の開発事業まで行っているらしい。

そんな彼女に「怖い体験はない？」と聞くと、苦笑交じりに話を聞かせてくれた。

「五年前のことですが、商品開発の一環として無農薬の稲作の研究を始めたんです。でも、社内には稲作に関わったことのある人がいなかったので、『まずは、稲を育てる経験を積んでみましょうか』って話になって」

早速、瑠奈さんの主導で、稲作を実践するプロジェクトチームが立ち上げられた。

ただし、メンバーは社内での公募だけで集めることにした。

就業外に野良作業を行うため、会社命令での強要はさせられなかったのである。

そのため、社内プロジェクトと言うよりも、大学のサークルに近いものとなった。

「でも皆、『無農薬の稲作に、チャレンジしたい』って意気込みが強かったんですよ。各自、参加可能なスケジュールを組んで、作業を分担したんです」

水田は、隣県にある農村の農家から借りることにした。

そこは無農薬栽培を実践する農家で、彼女が提示したプロジェクトに快く賛同してくれたのである。

農家が所有する水田の一部を有償で借り、指導役まで引き受けて頂いた。

万全な環境を整えたプロジェクトチームは、精力的に稲作に取り組んだという。

その結果——二年連続、米はまったく取れなかった。

秋になっても、稲穂が殆ど実らなかったのである。

「苗が、ぜんぜん育ってくれなかったんです。さすがにプロジェクトのメンバーたちも、二年目には意気消沈しちゃって……」

もちろん、農作業の手を抜いた訳ではない。

協力してくれる農家の指導に従って、骨身を惜しまずに働いたのである。

それでも稲穂がまったく実らないのを見て、農家の御主人も「変だよねぇ？」と、首を傾げるばかりだった。

「だから、『もし今年も収穫がなかったら、これで最後にしよう』ってメンバーで話し合って、三年目の作付けにチャレンジしたんです」

もっとも、実際にやる仕事は、前回、前々回とさして変わりはしない。稲を育てるのに必要な農作業を、精魂込めて行うだけである。

メンバーたちも、いままでの失敗にめげず、一生懸命に働いてくれたという。


田植えをした苗が、青々と伸び始めた初夏のこと。

農業用水の水量を調節するため、瑠奈さんは真夜中に水田を訪れた。

「苗が伸び始めの頃は、昼と夜とで水量を変えたほうが良いって、教わったんです。水の深さを調節することで、稲の成長に適した水温を維持させるんだって。だから、毎晩メンバーが交代で、その作業に当たっていたんです」

当番だった瑠奈さんは、早速、用水路の水門を開けて、田に水を引き入れた。

その後に水深と水温を計り、記録表に記入するまでが役割だった。

(折角だし、田んぼを見回っていこうか……)
無事に仕事を終わらせた彼女は、懐中電灯を片手に畦道《あぜみち》を歩き始めた。
周辺に外灯はなく、月も出ていないが、さほど暗いと感じない夜だった。
水田に虫や蛙《かえる》が騒めき、瑞々《みずみず》しい青苗の香りが立ち込めている。
と、ふいに苗葉がさわさわと揺れ――
差し向けた懐中電灯の先に、中腰に屈み込んだ人影が映った。
その人影は、藁《わら》で編んだ蓑《みの》を羽織り、菅笠《すげがさ》を被っているように見えた。
まるで、時代劇の役者のような格好である。
水田に四、五歩ほど踏み入った辺りで、両の足首を泥の中に沈めている。
苗の葉を手のひらに載せ、頻《しき》りに〈うんうん〉と頷いているようだ。
「あのっ……大丈夫ですかっ?」
彼女は、思わず人影に向かって声を掛けた。
心根の優しい瑠奈さんは、その人影を不審者とは疑わなかった。
寧ろ(間違って、田んぼに填まったのでは?)と、心配をしたのである。
すると、蓑を羽織った人物がすっくと直立して、こちらに振り返った。
懐中電灯に照らされたその顔は、紙のように白く、目も鼻も、口もなかった。

真っ平らな顔の〈のっぺらぼう〉だったのである。

「きゃあ！」

堪らず彼女は、悲鳴を上げた。

すると〈のっぺらぼう〉は、すっと闇に溶けるように消えてしまった。

後はただ、夏の夜風が優しく青苗を撫ぜるだけだった。


「でも、そのことは誰にも言わずに、黙っておいたんです。メンバーを怖がらせるだけだし……プロジェクトを止めるのも、嫌だったから」

その代わり、夜の水量調節は、なるべく彼女自身で行うことにした。

そして、その年の秋。

瑠奈さんたちが借りた田んぼは、大豊作となった。

過去の二回が嘘だったと思えるほど、稲穂がたわわに実ったのである。

だが、プロジェクトのメンバーたちは、いまひとつ納得できない様子だった。

作業自体は去年とまったく変えていないのに、どうして結果がこれほど異なるのか、誰にもわからなかったのである。

——だが、瑠奈さんにはひとつだけ、思い当たることがあった。

二年目の秋、彼女は農村の神社で催された、お祭りに参加していたのだ。

「それまで、村の行事には関わってこなかったんですが……ある人からの助言を得て、秋祭りに参加してみたんです。きっと、それが良かったんじゃないかしら」

祭りに参加して、神社に初穂料を納めることで、初めてあの土地の神様に認めて貰えたのではないかと、彼女は言うのである。

「だから、私が田んぼで見た、あの〈のっぺらぼう〉って……本当は、村の土地神様なんじゃないかって、そんな風に思っているんです」

彼女は、いまでもその農村で稲作に取り組んでいる。

――何かもう、私のライフワークみたいになっちゃって。

そう言って、彼女は綺麗な微笑《ほほえ》みを浮かべた。

七人

埼玉の印刷会社に今年入社した、新人の内田君から聞いた話である。
小学生の頃から、彼は昆虫採集を趣味にしているそうだ。

高校二年の夏休みのこと。
内田君は同じ趣味を持つ友達ふたりと、夕方から八王子の山林に入った。
夜通しで、昆虫採集を行ったのである。
翌朝、白々と夜が明けると、木立の間に薄っすらと朝霧が立ち始めた。
すると山麓の方向から、複数の人の声が聞こえてきた。
喉奥を擦り枯らしたような、低い念仏の音声だった。
見れば、数人の僧侶が、一列になって細い山道を登ってくる。
そのまま僧侶たちは、内田君ら三人の間近にまで歩み寄ると――
〈ぐるり〉と、周囲を取り囲んだ。
そして、一段と大きな音声で、念仏を唱え始めたのだという。

人数は、七人。

見ず知らずの僧侶に囲まれた内田君たちは、ただ呆然とするばかりである。

どれくらいの間、念仏の輪に囲まれていただろうか。

やがて僧侶が、ひとり、ふたりと輪から外れ、登ってきた道を引き返していった。

そして、最後に残った僧侶が、内田君の肩を〈ぽんっ〉と叩いて――

『次は、無いからな』

そう言い残して、細い山道を下っていった。

あの僧侶たちは、何のために姿を見せたのか。

そして、次には〈何が無い〉のか、いまだによくわからない。

迷い家

とある外資系の化学メーカーに勤める、久美子さんという女性と話をさせて貰った。

彼女は営業部門の役職に就いており、仕事の関係で海外出張が多いのだという。

「前はEUも担当してたけど、最近はアジア圏がメインかな。市場に活気があると言うか……うちの会社も、成長を見込んで投資してるから」

そんな仕事熱心な彼女だが、聞くと以前、不思議な体験をしたことがあるらしい。

数年前、台湾に出向していたときの出来事だという。


「取引先の重役で、エリックっていう人がいてね。彼、ドイツ系の白人なんだけど、若い頃から台湾で暮らしているんだって」

ある週末、そのエリックからホームパーティーの誘いを受けた。

会場は、彼が所有する郊外の別邸。

だいぶ昔に、地元の不動産屋から別荘として購入したものらしい。

「行ってみたらそこ、立派な日本家屋だったのよ。とても広い、お屋敷でね。どういう経緯《いきさつ》でつくられた建物なのか、エリックも知らないみたいだったけど……たぶん、旧日本軍の占領統治下に、建てられたものじゃないかしら？」

ただ、和風の外観に反し、屋敷内は西洋と中華を折衷させた装飾で彩られている。

屋敷内にある大広間が、パーティー会場に充てられていた。

エリックの交友関係の広さを表してか、様々な国の人々が招待されているようだ。

床はすべてフローリングに改装されており、靴を脱ぐ必要はなかった。

「でも、建物が風変わりなことを除けば、普通のホームパーティーって感じだったかしら。それで、暫く歓談してたんだけど、ちょっとトイレに行きたくなったのね」

トイレは広い屋敷を裏庭に抜け、縁側を伝った先の〈離れ〉にあった。

洋式に改装されたトイレで、掃除も綺麗に行き届いている。

用を済ませ、洗面台で化粧を直していると――

ぱたんと、窓が閉まった。

洗面台の脇にある曇りガラスの小窓だが、明かり取りのためか、少し高い位置に取りつけてある。

それが、ひとりでに閉じられたように見えた。

だが、離れには久美子さんしかいない。

（あれ？　いま、勝手に閉まらなかった？）
気になって、窓を見上げた。
すると――〈ばんっ〉と、曇りガラスに人の顔が貼りついた。
口を大きく開けた、女の顔だった。
曇りガラス越しなので明瞭ではないが、何かを叫んでいるように見える。
声は、まったく聞こえなかった。
数秒間、呆気に取られて女を凝視し――
やがて我に返ると、久美子さんは急いで大広間まで逃げた。
そしてエリックを捕まえると、さっき見た状況をそのまま説明した。
「……不審者かもしれないね。僕が見てくるよ」
ホストとしての責任感からか、エリックが果敢に言った。
「だったら、私も行ったほうがいいよね……」
気味が悪かったが、目撃者である自分も同行するべきだと考えた。
裏庭の外れにある離れを目指して、ふたりで屋敷内を歩いた。
さすがにエリックは、慣れた様子で屋敷の暗い廊下を進んでいく。

久美子さんも、彼の後を追って歩き続けたが——

ふと、おかしいと思った。

廊下の両脇にある和室に、なぜか違和感を覚えるのである。

「でも、置き物とか装飾品なんかは、さっきと違わないのね。ただ、何となく雰囲気が違うって言うか……で、暫くして気がついたの、部屋の床が違うんだって」

最初にトイレへ向かったとき、すべての和室の床はフローリングだった。

だが、いまは違っている。

どの部屋にも、青々とした畳が敷き詰められているのである。

「ねぇ。なにか、様子が変じゃ……」

そう言い掛けた途端、エリックが振り返った。

「廊下が長すぎる……パーティー会場に引き返そう。どうも、迷ったみたいだ」

彼の表情は真剣で、とても冗談を言っているようには見えなかった。

言われてみれば、だいぶ廊下を歩いた気がする。

それなのに、先の廊下はずっと真っ暗で、裏庭に通じている気配がない。

慌てて踵《きびす》を返し、大広間にまで戻ってみた。

——誰も、いなかった。

テーブルに置かれた酒や料理はそのままに、人の姿だけが消え失せていた。

ただ、吸いさしの煙草が灰皿で煙ぶっており、つい先刻までゲストたちが大広間にいたのは間違いないようだ。

まるで、人間だけが蒸発し、雲散霧消してしまったかのような有様である。

「これって、どういうことかしら……？」

眼前の光景に困惑して、久美子さんが呟く。

「……クミ、落ち着いて。大丈夫だから、僕について来て」

少し声が震えていたが、エリックは冷静さを保っているようだ。

言われるまま廊下に出て、暫くしてから大広間へと引き返した。

――パーティー会場が、大勢のゲストでひしめき合っていた。

ほんの数十秒を空けただけで、元の状態に戻っていたのである。

あちこちで沸く談笑を聞きながら、〈何なの、これ？〉と唖然とするしかなかった。

「後で聞いたけど、エリックにもよくわからないって。ただ、前にも似たようなことがあったみたい……で、それからだいぶ経って、気がついたことがあるんだけど」

久美子さんがトイレの窓越しに見たという、不審な女についてである。

曇りガラスの向こうに、女の顔が貼りついていたのは間違いない。

だが、あの窓の外側には、金属の格子が填められていたはずだった。

最初にトイレに入ったとき、ちらりと見上げた記憶があるのだ。

つまり、あの女は金属の格子をすり抜けて、窓ガラスに貼りついたことになる。

どう考えても、あり得ないことだった。

「それにね、あの女の人って、私に助けを求めていたような気がするの。最初、窓が勝手に閉まったって言ったでしょ。あれって、女が逃げようとするのを、誰かが邪魔してたんじゃないかしら？　もちろん、それが誰なのか知らないけど……」

その後も、エリックからは度々、パーティーの招待状が送られてくるという。

どうやら彼は、久美子さんに気があるらしい。

招待を受けるつもりは毛頭ないが、彼には聞きたいことがひとつある。

――あの屋敷の中で、行方不明になった人がいるんじゃないの？

言い出し難いが、いつか必ず質問してみるのだと、久美子さんは断言した。

内見

おととし、工藤さんが引っ越し先を探していたときの話である。

妻の実家が近くなるので、工藤さんは青梅線沿線の借家を希望した。

「だったら、良いのがありますよ」

不動産屋が提示した物件は、そこそこの条件を満たしていたという。

早速、約束を入れ、妻と子の三人で内見をさせて貰うことになった。

「ここの三軒、全部空き家なんです。選び放題ですよ」

不動産屋に案内された場所には、同じ外観の建屋が三つ、軒を連ねていたという。

築二十年と聞いていたが、思っていたより古びれてはいない。

閑静な住宅街の一角に建っており、立地条件も悪くないようである。

近くには、公園や川もあるらしい。

「……あれっ、変だなっ？　いや……ちょっと待ってください。あれっ？」

見ると、不動産屋が素頓狂な声を漏らして、一番手前の家のドアと格闘している。

どうやら、鍵が外れないらしい。

言われるまま暫く待ったが、ドアが開く様子はなかった。

「じゃあ、隣の家でもいいですよ。造りは同じなんでしょう？」

「あっ……どうも、すみません。鍵は間違っていないんですが……」

そう言いながら、不動産屋は隣家の玄関に向かったが、それも駄目だった。

一向に、鍵が開く気配が感じられないのである。

「おかしいなぁ……」

ペコペコと頭を下げながら、不動産屋が三軒目のドアに鍵を差し込んだ。

やはり、その鍵も開きやしない。

だが、さすがに今度は不動産屋も引き下がらなかった。

社用車から大きなバールを持って来ると、ドアの隙間にねじ込んで、無理矢理にこじ開けてしまったのである。

「大丈夫ですよ。後で、業者に直して貰いますから」

そう言って、不動産屋が玄関のドアを大きく開けた。

——その先が、黒かった。

玄関が、暗いのではない。

空間そのものが、真っ黒に塗り潰されているのである。

日光の差し込みも、その反射もなく、ただ壁のような〈黒〉があるだけ。

（えっ？　えっ？　えっ？……ええっ？）

言葉も出せず、工藤さんは玄関の前で、立ち尽くすしかなかった。

妻も子も、呆気に取られた様子で玄関を見詰めている。

すると、「いま、スリッパを出しますね～」と、不動産屋が能天気な声を出した。

「いやいやいやいやっ……結構ですっ、結構ですからっ！」

屋内に入ろうとする不動産屋を引き留めて「この物件は借りない！」と、その場ではっきり断った。

内見は、そこで終わった。


「後で聞いたら、嫁も息子も『真っ黒だった』って言うんですよ。でも、不動産屋には見えてなかったようで……でもまぁ、あんな物件をよくも扱っているな、と」

帰りの車中、不動産屋から嫌味を言われた気もするが、殆ど覚えていない。

見たものが謎すぎて、頭の中で整理が追いつかなかったのである。

泥田坊

東北のとある農村出身である、内山さんに聞いた話だ。
彼女が五、六歳の頃のこと。
親戚の家で法事があり、帰りが遅くなった。
母親に手を引かれ、田畑を見下ろす高台を歩いたという。
陽はすでに落ち、親戚に借りた懐中電灯だけが弱々と田舎道を照らしている。
すると、母が「あれを見てごらん」と、遠くの方向を指した。
見ると、田んぼの畦道に明かりが揺れている。
赤く灯った一塊《ひとくれ》の炎だったが、それを掲げる人の姿は見えない。
(あれ、ひとだま……?)
幼かった内山さんは、母親の膝にしがみつきながら、畦道を遠望した。
炎は、ぐるぐると田んぼの周りを回り続けるだけだった。
「可哀想に……あれは、佳乃さんの魂だよ。まだ、田んぼに未練があるんだ」

母親が声を詰まらせながら、呟いた。

佳乃さんというのは、数ヵ月前に亡くなった村の女性だった。

「あの家は、旦那が馬鹿でね。佳乃さんが女手ひとつで田畑を耕してたんだけど……女房が死んだ途端に、旦那が売り払ってしまったんだよ。博打の金欲しさに」

そう言うと母親は、人魂に向かって両手を合わせた。

いまから、六十年も昔の話である。

憲兵隊

友人の鈴木さんが、父方の祖母である節子さんから聞いたという話である。


戦時中のこと。

節子さんには、清吉さんという十二歳ほど歳の離れた兄がいた。

一年中、床に臥せているような、とても体の弱い人だったという。

そのため節子さんには、兄と一緒に遊んだ記憶がない。

当時のことなので定かではないが、どうやら清吉さんは肺を病んでいたらしい。

だが、ただでさえ物資、食料が不足していた時代である。

十分な治療など、受けられるはずもなかった。

そのため、清吉さんの容体は悪くなる一方だったという。

そんなある日、清吉さんの身に思いもよらないことが起こった。

数人の憲兵が家に上がり込み、病床の清吉さんを無理矢理、練兵場へと連れて行ってしまったのである。

当然、両親は医者の診断書を見せて、必死に引き止めたが、無駄だった。

「国民一丸となって戦わねばならぬときに、昼間から寝ておるとは何事かっ！」

問答無用に引き立てられる清吉さんの背後で、両親が泣き崩れていた。

――数日ほどで、清吉さんは家に帰された。

まるで雑巾《ぞうきん》のように、ぼろぼろにされていたという。

練兵で肺の病気が悪化したらしく、すでに瀕死《ひんし》の状態だった。

「まったく役に立たん。この非国民めっ！」

清吉さんを家まで運んだ憲兵のひとりが、去り際に吐き捨てた言葉である。

急いで両親は清吉さんの看護にあたったが、病状は芳しくない。

清吉さんの体には無数の痣がついており、僅か数日の間に、練兵場で相当にむごい扱いを受けたことが知れた。

「夜まで、保つかどうか……」

息子の死を悟った両親は、近隣の親戚を家に集めることにした。

清吉さんが息を引き取るのを、皆に看取《みと》って貰おうとしたのである。

実妹である節子さんは、枕頭に座って、苦しげな兄の様子を見守った。

清吉さんの呼吸が、次第に弱まって――

最後に小さく喉を鳴らすと、清吉さんの息が止まった。

――その瞬間である。

清吉さんの口から〈ぽん〉と、白いものが飛び出した。

真っ白い、つるんとした球のようなものだった。

それは天井までまっすぐに昇ると、〈すぅ〉と天板に吸い込まれてしまった。

節子さんが親戚たちの顔を見回すと、皆、呆けたように天井を見上げていたという。

「……清吉が、逝ってしもうた」

母親がぽつりと呟くと、部屋中から嗚咽《おえつ》が漏れ始めた。

「清吉、まだ、十八にもなっておらんで……やりたいことも、沢山あったろうに」

そう言って、親戚一同が深く嘆いたという。

清吉さんが亡くなった数ヵ月後、戦争が終わった。


清吉さんを非国民と罵った憲兵は、後の世で警察官となった。

戦時中のことなど忘れてしまったようで、まるで悪びれた様子がなかったという。

「あの人たちはね……身代わりを探していただけなんだよ。散々、他人に戦争を煽《あお》っておきながら……自分たちは戦地にも行かないで、生き残ったんだ」

清吉さんの話をする度、節子さんは悔しげにそんなことを言った。
彼女が鬼籍に入ってから、すでに十年以上が経つ。
亡くなる直前まで彼女は、警官や政治家を毛嫌いしていたという。

金魂

昭和の頃の話である。

小林さんが住んでいた東京のとある下町には、露出魔がいた。

勝治という名の中年男性で、普段は大人しく工場で働いていたという。

だが時折、夜の路地裏に潜んでは、通り掛かりの女性に自分の恥部を晒《さら》して、喜んでいたのである。

素っ裸に、ロングコートだけを纏った出で立ちが、彼の露出スタイルだった。

「地元で有名な奴でな。若い娘のいる家じゃ、『ば勝治《かつじ》に気をつけろ』なんて、言ってたよ。でも、だからどうだってことでもなかったなぁ。あの頃の下町じゃ、イチモツ見せたぐらいで、騒いだりしなかったからさ。大らかな時代だったんだよ」

それを〈大らか〉と言って良いのかどうかは知らないが、実際、住民たちはあまり気にしていなかったらしい。

第一、殆どの町民が露出魔の氏名、住所を知っているのである。

それでも、勝治が逮捕されたという話は、聞いたことがなかった。

たまに警官に見咎められ、一晩、交番に留め置かれる程度が関の山だったという。

「まぁ、勝治も冬の間は控えていたし、蚊に食われる時期も避けていたようだから。せいぜい、陽気のいい春先に露出する程度でな……アイツの股ぐらは、季節の風物詩みてぇなもんだって、笑い話にしてたくらいだよ」


ある年の初夏のこと。

仕事を終えた小林さんは、帰宅途中に勝治を見掛けた。

季節外れのロングコートを羽織り、路地裏の外灯下に佇んでいる。

標的を待ち構えているのか、電灯に透けた頭皮が汗でぬめりと照っていたという。

（あいつ、また馬鹿やってんのか？）

少し説教してやろうと思い、小林さんは外灯に向かって進んだ。

すると、勝治がいきなり路地裏の暗がりに向かってコートの前を広げた。

どうやら、標的を見つけたようである。

が、——様子がおかしい。

いつもなら、その時点で女性の悲鳴が響くはずだった。

だが、夜闇に沈んだ街角は静かで、咳《しわぶ》きひとつ聞こえてこない。
一方で勝治は、コートを開けたまま、〈ほ～ら、ほら〉と腰を左右に揺らしている。
訝しく思い、路地裏をぐるりと一望したが、女性がいる気配はなかった。
誰もいない虚空に向かって、勝治は恥部を晒しているのである。
(こいつ……一体、何をやっているんだ?)
気になって、勝治の視線を辿ると――
火の玉が、飛んでいた。
青白い炎を上げて浮かぶ、いわゆる人魂だった。
――この大馬鹿野郎、人魂に自分の股間を見せてんのか?
心底呆れて、小林さんは説教をする気も失せてしまったという。
相変わらず勝治は、自分の股間をふるふると揺らしている。
人魂は地面から十数センチの高さを、ゆっくり漂揚するだけだった。
が、次の瞬間――
ひゅっと風を切り、人魂が勝治の股間に吸い込まれてしまった。
瞬きする間もない、ほんの一瞬の出来事だったという。
「本当に、するっと入っちゃったんだよ……人魂がさ。それも、よりによって勝治の股間だろ。そりゃあ、俺も度肝を抜かれてさ」

理解が追いつかず、小林さんは暫し唖然とした。

すると、突然『ううっ』と呻き声を上げ、勝治がしゃがみ込んだ。

そして、両手で股間を押さえながら、のたうって悶絶し始めたのである。

(こりゃあ、放っておけないな)

我に返った小林さんは、急いで近隣の民家に助けを求めたという。

やがて救急車が到着すると、勝治は素っ裸にコート一丁の状態で搬送されて行った。


数日が経ち、入院した勝治の容態を知ることができた。

当時は個人情報の概念が薄く、近所づき合いで大抵の事情が伝わってきたのである。

勝治は、尿路結石だった。

それも、担当医が驚嘆したほど、特大サイズの石が出てきたという。

「聞いた話じゃ、手術にも相当時間が掛かったらしいわ。まぁ……自業自得としか、言えねぇわな。ただ、この件じゃひとつだけ、知れたことがあって……」

——人魂は、人の体に入ると結石になる。

そう言うと、小林さんは深く頷いて話を終わらせた。

延髄チョップ

埼玉でOLをやっている、小野さんから聞いた話である。
彼女は幼い頃から、多少の霊感を持っていたそうだ。
ふらふら宙に浮かんでいる幽霊や、首だけが欠けている霊を、たまに見たのである。
気味が悪いので、自分から近寄ったりすることはない。
ただ、こちらにその気はなくとも、向こうから寄ってくる場合もある。
そんなとき、彼女はぎゅっと目を瞑《つむ》り、一心に般若心経を唱えるのだという。
すると大抵の幽霊は、いつの間にか消えているのだそうだ。

小野さんが、成人式を迎えたばかりの頃。
夜中、寝苦しさを感じて、目を覚ましたことがあった。
――と、目の前に顔がある。
仰向けに寝ている小野さんを、枕元から覗き込む女の顔。
目鼻立ちの整った若い女性だが、頭髪だけが白い。

反射的に、頭から布団を被ろうとして——体が、動かせなかった。

悲鳴を上げることもできず、ずっと女と目を合わせたままである。

この状態から抜け出そうと思い、彼女は心の中で般若心経を唱えることにした。

すると、女の端正な顔が不快そうに歪み始めた。

(なんか……嫌がっているみたい。このまま、立ち去ってくれるかも)

そう思った途端、女が片手を高々と頭上に掲げた。

指先をピンと伸ばした、いわゆる手刀の形である。

何をするつもりなのかと、彼女が目を見張ると——

〈がんっ〉と後頭部に衝撃が走り、痛みで意識が遠くなった。


翌朝、目を覚ましたとき、女はいなくなっていた。

だが、頭の裏側には、まだ昨晩感じた痛みがじんと残っていたという。

どうやったかは知らないが、女は仰向けになった小野さんの後頭部を叩いたらしい。

「まさか、幽霊に延髄《えんずい》チョップをされるとは思っていなかったわ。あんな酷い目に遭ったのは、あのときだけよ」

そう言って、小野さんは不満そうに口を尖らせた。

おーいっ

西原さんは地方の広告代理店に勤めている、三十代後半の男性である。

聞くと、彼の自宅は郊外の高台にあり、毎日自転車で通勤しているらしい。

「運動不足の解消が半分、ガソリン代の節約が半分ってところだね。自転車を使えば、その分の通勤費が浮くからさ。有難いことに、上司も黙認してくれてるしね」

そんな西原さんが、つい最近、体験した出来事である。


初夏に差し掛かったある晩のこと、西原さんは遅い時刻に退社した。

彼の会社は普段から残業が多く、日を跨いで帰宅することもざらである。

その晩も、自宅に帰るため、黙々と自転車を漕いでいたという。

――おーいっ！

突然背後から、誰かに声を掛けられた。

気になって停車したが、辺りに人がいる気配はない。

もっとも、そこは外灯も疎《まば》らな山道である。

通行人どころか、近くに民家の影すら見当たらない。
——おーいっ、おーいっ！
やはり、誰かが人を呼ぶ声が、遠くのほうから聞こえてくるようである。
訝しく思い、自分が上ってきた道路を遠望すると、ぽつんと明かりが見えた。
青白い小さな光が、強くなったり弱くなったりを繰り返している。
（あれは……ＬＥＤライトかな？）
だいぶ下ったところから、一台の自転車が近づいて来ているようだ。
どうやら「おーい」と呼ぶ声も、そこから聞こえているらしい。
しかし西原さんには、呼び止められる心当たりがない。
自転車を使って、通勤する同僚もいなかった。
一体誰なのか確かめようと、坂道を登って来る自転車を暫く待つことにした。
青白い光が近づくにつれて、呼び声も段々と大きくなっていく。
——おーいっ、オーイッ、オォーイィッッ！
西原さんの目の前を、青白い光の球と、呼び声だけが通り過ぎていった。
自転車も、それに乗っている人の姿も、まったく見えなかったという。
「……青白い光の球だけが、宙に浮かんでいたんだよ」

その光は、前方にあるカーブを曲がることなく、真っ直ぐに直進していった。

そして、そのまま崖下に消えた。

暫く呆然としていたが、やがて我を取り戻すと、西原さんは崖下を覗きに行った。

そこは緩やかな斜面になっており、だいぶ下った先に、点滅する光が見えた。

「よく見たら、それ、自転車のライトだったんだよ。どうやら、崖の下に人が倒れているみたいでね。でも、ひとりじゃ助けらないから、急いで警察に通報したんだ」

駆けつけた救助隊によって、ひとりの男性が救急搬送された。

どうやら男性は、誤って自転車ごと崖下に転落し、気を失っていたようだ。


「よくわからんけど、あれって転落した人の生霊だったのかなぁ？　でもさ、一番意外だったのは……教科書で、ドップラー効果って習うだろ？」

青白い光が通り過ぎたとき、『おーい』と呼ぶ声が、高音から低音へ変化したという。

まさに、ドップラー効果である。

「生霊も、物理法則に従うんだよ」と、西原さんは笑った。

ガントリー

千葉のとある埠頭で、荷役の仕事に就いている男性から聞いた話である。


湾岸でコンテナの積み卸しを行う大型クレーンを、ガントリークレーンと呼ぶ。

男性が働くその埠頭では、夜中にガントリークレーンを操縦していると、後ろから〈ぽんぽん〉と肩を叩かれることがある。

だが、以前から先輩には「絶対に、振り向くな」と、きつく言われている。

なぜなら、クレーンの運転室は極端に狭く、他人が入る余裕がないからである。

また、地上四十メートルの高さにある運転室に、当直以外で登って来る者もいない。

そのため、相手が〈生きた人間ではない〉ことが、容易に想像できるのだ。


その昔、クレーンに設置されている金梯子で、首を括った運転士がいた。

ソイツが化けて出ているのではないかと、運転士の間では噂になっているそうだ。

ジンクス

ゲーム関係のプログラマーをやっている、東村さんに取材をさせて頂いた。

聞くと彼は、とある有名企業で人気ゲームの制作に携わっていたらしい。

「と言っても、ついこの間、退職しましたけどね。で、いまから話すのは、まだ僕がそこの会社に勤めていたときの体験なんですが」


ある晩、東村さんは遅くまで残業をしていた。

長時間、モニターと睨めっこをしつつ、黙々と仕事をこなしていたのである。

開発スケジュールがタイトなため、残務が山積みになっていた。

夜の十時を回り、さすがに疲れを感じて席を立った。

トイレで用を足すついでに、喫煙室で一服しようと思いついたのだ。

廊下に出て、肩を解《ほぐ》しながら歩いていると――

途中で、〈チン〉と音がした。

何気なく目を遣ると、エレベーターの扉が開いて、中から四、五歳くらいの女の子が降りてきた。

（えっ、会社に子供？）と驚いて、思わずその子を呼び止めた。

「お嬢ちゃん、どうしたの？　ここ、会社だよ」

優しく声を掛けると、女の子がブンブンと首を振る。

「お父さんを、迎えに来たの」

そう言うと、女の子は東村さんの脇を通り、トコトコと廊下の奥へ歩いていった。

もちろん、残業しているのは東村さんだけではない。

（誰のお子さんかな？　こんな時間に迎えに来るなんて、大変だ）

何となく、納得して――はっと、気がついた。

ここの会社は、商業ビルのワンフロアすべてを借り切っている。

またセキュリティ対策も万全で、エレベーターをここのフロアで停めるためには、ＩＣチップの内蔵された社員証が必要である。

あの子が、社員証を持っている訳がない。

通常、社員証は社員ひとりに一枚しか、発行されないからである。

念のため、フロア中を探してみたが、やはり女の子は見つからなかった。

「でも、気になるじゃないですか。あの女の子は一体何なのかって……だから、会社の先輩に話してみたんですよ。社内で、変な子を見たって」

すると先輩は溜息を吐き、「いいなぁ、お前。会社、辞めるんだ」と言う。

意味がわからず聞き返すと、「その子、幽霊だよ」と頷く。

「聞いたらですね、あの女の子の幽霊を見た人たちって、皆、会社を辞めているらしいんですよ。でも、その後が肝心で……」

会社を退職した社員たちは、転職先で例外なく出世をしているのだという。

彼は知らなかったが、そのことは社内で一種の〈ジンクス〉となっているらしい。

「お前、きっと次の会社で大成するぞ」

まだ、退職を考えてすらいない東村さんの肩を叩いて、先輩が励ましてくれた。

「だからって訳じゃないけど、僕も会社を辞めまして。いま、次の職場を探しているんですが……あの〈ジンクス〉が当たればいいなって、思ってるんです」

そう言うと、東村さんは密やかに微笑んだ。

黄金牛丼

根本さんは二十年近く、ずっと牛丼屋で仕事をしている。

一軒の牛丼屋に限ってのことではなく、有名な牛丼チェーン店や、個人経営の店を何度も転職しながら、牛丼だけを作り続けているのである。

「別に、牛丼屋の仕事に拘《こだわ》りがある訳じゃなくて……何となく性に合っているというか、仕事に慣れてしまって、楽なんですよね」

深夜のワンオペに入ることもあるし、店長を任されたこともある。

頼まれて、隣接した二軒の牛丼屋の店員を掛け持ちしたことすらあったという。

経験豊富な彼は、牛丼屋の仕事ならば、大抵はソツなくこなせるのだ。

そんな根本さんの一番好きな仕事は、牛丼の具を盛りつけること。

汁だく、葱《ねぎ》だくはもちろんのこと、指先の感覚だけでグラム単位の重量調節が可能なのだという。

盛りつけのテクニックにも熟達しており、（素人目にはわかり辛いものの）肉と玉葱を絶妙なバランスで、トッピングできるらしい。

つまり、根本さんは牛丼の達人なのである。

だが、彼にはひとつだけ、コントロールできないことがあるという。

ごく稀に、〈黄金牛丼〉ができてしまうのだ。

それは文字通り、金色に輝く牛丼なのだという。

「そもそも『黄金牛丼』ってのも、僕が勝手にそう呼んでいるだけですけどね。でも普通、牛丼って玉葱は飴色だし、肉の脂が浮いてるくらいじゃないですか。だけど、黄金牛丼だけは、肉も玉葱も、全部が金ピカなんですよ。ほんとに、眩しいくらいで」

その牛丼が取れる割合は、年に一度、あるかないか。

普段通りに白飯に具を盛りつけていると、突然、牛丼が輝き出すというのだ。
三、四杯、続けて取れることもあれば、一杯限りのこともある。
不思議なことに、同じ寸胴から掬った具であるにもかかわらず、黄金牛丼となるのはごく一部だけ。

実際に盛りつけてみないと、黄金に輝くかどうかはわからないのである。

「それって、ひとつの店に限ったことじゃなくて、まったく別の店でも、取れるときには取れるんです。ただね、最初に『黄金牛丼』ができたときのことなんですが……」

驚いて、他の店員に「これ、変じゃないか？」と、見て貰ったそうだ。

だが、その店員は「えっ、何が？　普通じゃん」と、きょとんとしている。

客に出しても、別段驚かれはしなかった。

そのため、（金色に見えているのは、自分だけなんだ）と、気がついたのだという。

「話は、それで終わりなんですけどね。ただ、『黄金牛丼』って、見た目だけじゃなくて……もうひとつ、他の牛丼と決定的に違っているところがあって」

その牛丼を食べ終わった後、必ずお客さんが話し掛けてくるのだという。

「ここの牛丼、味を変えた？　すっごく、マズいんだけど」

黄金牛丼を食べた客は、口を揃えたように同じクレームを入れるのである。

見た目に反して、黄金牛丼は不味いらしい。

「僕自身は食べたことないんですけど。でも、必ず客が文句を言ってくるから、相当にマズいんじゃないですか？　いや、食べたいとは思わないですね。大体、賄いでうんざりしてるから、牛丼って嫌いなんすよ……食べるのは」

自嘲気味に、根本さんは言った。

だるい部屋

友人の紹介で、伊藤さんという女性に取材をさせて頂いた。

聞くと彼女は、夫婦でヘアサロンを営んでいるのだという。

開業して二十年以上経つ、老舗の理容店なのだそうだ。

「うちの店の前に、○○○っていう有名な会社の工場があるのね。それで、そこの社員さんたちが、よく店に来てくれるのよ」

以前は、家族連れで来店する社員も多かったという。

と言うのも、近くにあった社宅の住人たちが、常連となってくれたのである。

「いまはもうないんだけど、五年くらい前まで、そこの会社の社宅があったの。三階建てのマンションが数棟建っていて……四十世帯くらい、入っていたのかしら。社員専用なんだけど、家賃が安いし、ご家族で入居されている人が多かったわね」


いまから、十三年ほど以前のこと。

社宅に住むTさんの奥さんが、息子連れで来店した。

「この子も、お願いできますか？」

そう言われ、伊藤さんが息子のカットを担当したという。

「今度の休み、どこかに行くの？」と、何気なく聞いてみた。

子供を飽きさせないための、他愛のないお喋りである。

「ううん、うちのお父さん、ぜんぜん遊んでくれないんだよ。友達はディズニーとか、行ったりしてるのに……休みの日も、寝てばかりいるんだ」

Tさんの息子が、不満そうな声を出した。

息子の言い分を聞くと、どうやら彼の父親は出不精のようだ。

「そんなこと言っちゃダメよ。お父さん、毎日、仕事で大変なんでしょ？　休みの日くらい、ゆっくりさせてあげないと」

伊藤さんは宥めたが、本人は納得しない。

「でも、いっつも『だるい、だるい』って言ってばかりでさ。家に帰ったら、すぐに寝ちゃうんだ。ほんと、つまんないよ」

そう言って、Tさんの息子は口を尖らせた。


それからひと月もしないうちに、Tさんが亡くなった。

自殺だった。

伝え聞いたところでは、社宅の玄関で首を括ったらしい。

その後、残された妻と子は、社宅から少し離れた場所に引っ越した。

せめて、小学校を卒業するまではと、母親が配慮したのである。

ただ、伊藤さんの店に、Tさん母子が再び来店することはなかったという。


「で、それから二ヵ月もした頃かしら。初めてのお客様が店に来てね。若い娘さんだったんだけど、少し話したら、最近あの社宅に越してきたっていうの」

聞くと彼女は、先月結婚したばかりなのだという。

なんでも、夫が工場勤務となったので、一緒に社宅で暮らすことにしたらしい。

「じゃあ、今度は旦那さんといらっしゃいな」

伊藤さんは、軽い気持ちで誘ってみた。

すると、彼女は「できれば、そうしたいんだけど」と、なぜか言葉を濁らせる。

「最近、うちの人、すごく疲れているみたいで。『だるい』って言って、あまり家から出たがらないんです。家でも、横になることが多くて……」

不安そうに、そんなことを言うのである。

「でも、仕事の環境が変わったんでしょ？　それが、ストレスになっているのかも」

なるべく深刻にならないよう、伊藤さんは言葉を選んで答えた。

そして、「心配なら、一度相談してみたら」と、近くの病院を紹介してあげた。

会計を済ませた後、彼女は何度もお礼を言いながら店を離れたという。

「ただ、ちょっと彼女のことが気になって、後でお客様カードを調べたのよ。そしたら、あの娘の入居先……Tさんが、亡くなった部屋だったの」

嫌な予感がしたが、どうすることもできない。

伊藤さんは、次に彼女が来店したとき、また様子を聞いてみようと考えた。

が、それよりも先に、社宅内で自殺者が出た。

社宅の別の住人に聞くと、亡くなったのは若い男性なのだという。

「新婚だったらしいわよ」と、その住人が声を潜めた。

（——きっと、あの娘の旦那さんだ）と、伊藤さんは残念に思った。

今度も、ロープで首を括っての自死だったという。

それから、四、五年の間に、その部屋でふたりが亡くなった。

いずれも男性で、そこに入居した家族の世帯主だったという。

亡くなった男性のひとりは、病死だった。

元々、その男性は重い病気を患った状態で、社宅に転居してきたらしい。

亡くなったのも、病院に入院してからのことだった。

だが、もうひとりは自死だった。

やはり、社宅の部屋の中で、首を吊って亡くなったのである。

「でも、亡くなられた方々のこと、あまり詳しくは知らないの。おふたりとも、うちの店に来られたことがなかったから。ただね、さすがにあの会社の中では、噂になっていたみたいで……」

それから長い期間、その部屋は使われなくなった。

総務部が空き部屋を勧めても、入居希望者が辞退してしまうらしい。

病死した男性を除いたとしても、三世帯の世帯主が首吊り自殺をしたのである。

いくら家賃が安くとも、背に腹は代えられないと、社員たちが考えるのも無理からぬことだった。

そして、いまから八年ほど前のこと。

若いカップルのお客さんが、伊藤さんのヘアサロンに来店した。

世間話の合間に聞くと、ふたりは結婚の約束を交わし、同棲しているのだという。住んでいる場所は、あの会社の社宅。結婚資金を貯めるため、暫くは社宅で生活する予定らしい。

「仲が良いのね。じゃあ、よくふたりで、お出かけしてるのかしら？」

ハサミを当てながら、伊藤さんが何げなく聞いた。

すると、「そんなこと、ないんですよ」と、待合席に座っている彼女が答えた。

不満に思っているのか、少し言葉に棘があった。

「いや、近ごろは僕のせいで、あまり一緒に出掛けていないんですよ」

取り繕うように、慌てて彼氏が言葉を繋いだ。

「あら、じゃあ仕事がお忙しいのかしら？」と、伊藤さん。

すると、彼氏は僅かに表情を曇らせた。

「僕にもよくわからないんですけど、最近うちに帰ると、ものすごくだるくなるんです……でも、こうして家から出ると、何ともないんですけどね。だから、以前はよくサーフィンとか、一緒に行ってたんですけど、いまは……」

そこまで聞いて、伊藤さんは〈はっ〉と気がついた。

そして、待合席に座る彼女に「割引になるから、お客様カードを作らない？」と、申し込み用紙を手渡したという。

果たして、そこに書かれていた住所は――

あの、世帯主だけが、首を吊る部屋だった。

「本来なら私がこんなこと、言うべきじゃないんだけど……いますぐ、そこの部屋から引っ越しなさい。絶対に、悪いことは言わないから」

散髪する手を止め、あの部屋について知っていることを、すべて話してやった。

ふたりの顔色が、見る見る蒼ざめたという。

「聞いたら彼氏、中途入社だったらしくて。あの部屋のこと、聞いてなかったみたい。もちろん私だって、そんなに詳しい訳でもないけど……あそこって、世帯主だけがだるくなって、死にたくなる部屋なんじゃないかって、そんな風に思うのよ」

それから二年後、そこの会社の社宅は、すべての棟が取り壊されてしまった。

会社の方針で、社宅制度自体が見直されたらしい。

現在、その跡地には、まったく別のマンションが建っている。

小さな手

とある怪談会で知り合った浜野さんという男性に、取材をさせて頂いた。

聞くと彼は、都内の介護施設で介護士の仕事に就いているそうだ。

「以前、職場にヨーコちゃんっていう、二十歳そこそこの後輩がいましてね。すごく親しみやすい子で、休憩時間とかに、よく冗談を言い合ったりしてたんですよ」

ヨーコさんは明るい性格で、誰からも好かれるタイプの女性だったという。

もちろん、施設のお年寄りたちからも、大変に人気があった。

また、彼女はあまり隠しごとをしない性格で、私生活で彼氏と同棲していることも、明け透けに周囲に話していたという。

「四年くらい前かなぁ。突然、職場でヨーコちゃんが『私、妊娠しました』って発表しましてね。聞いたら、彼氏との入籍も済んでいたようで……同僚一同で、『応援してるから、頑張って』と、励ましたんですよ」

そのとき、彼女はとても幸せそうな笑顔を浮かべていたという。

それから数週間が過ぎた、ある日のこと。

「浜野さん、お化けとか詳しいですよね？　相談したいことがあるんですけど」

職場の休憩室で、いきなりヨーコさんから話し掛けられた。

彼女は真剣な表情をしており、ふざけている様子ではない。

「ちょっと意外に思いましてね。ヨーコちゃん、怪談とか苦手なはずなんですよ。前に少しだけ僕の体験談を話したら、すごく嫌がっていましたから。それで、少し気になって、話を聞かせて貰うことにしたんです」

すると、彼女は「これなんですけど……」と、スマホを浜野さんに向けた。

見ると画面には、うつ伏せに寝転んだヨーコさんの背中が映っていた。

雑誌を読んでいるらしく、カーペットの床にパジャマ姿で寝そべっている。

どうやら、彼女が住んでいる部屋の寝室で撮影されたもののようだ。

「これ、彼氏が撮った動画なんですけど……私、気味が悪くって」

そう言って彼女は、躊躇《ためら》いもなく動画を再生させた。

恐らく戯《たわむ》れに撮ったのだろう、映像はうつ伏せの彼女のつま先から脚、そして尻から腰へと、舐めるように上がっていく。

中々に、煽情的な動画である。

そして映像は、彼女の左脇腹へと視点を下ろし、そこから平行に上がって横顔で止まった。

――たったそれだけの映像だったが、何かおかしい。

一瞬、白いノイズのようなものが、ちらっと見えたような気がした。

「……いま、何か映らなかった？」

すると、ヨーコさんは黙ったまま、今度は画像をスローで再生した。

彼女の左脇腹がアップとなり、右へ流れていく、その瞬間。

画像の下側から、何かが〈にょろにょろ〉と昇った。

〈えっ⁉〉と驚いた拍子に、指先が画面に触れてしまう。

図らずも、静止した映像に――

糸くずのような、白く長細い腕が映っていた。

その先端にはミニチュアサイズの、小さな手のひらもついている。

もちろん、人間のものではない。

フレームの端ギリギリで、彼女の左脇腹を五本の指が握っているように見えた。

「わかりますか、これ？　床から小さな白い手が伸びて、私のお腹を掴んでいるんですよ。私、すごく気味が悪くて」

不安に感じているのだろう、彼女の声が震えていた。

「いや、言われれば、手みたいにも見えるけど……ただのノイズじゃないかな。もし、気になるんだったら、近くの神社にお参りすればいいと思うよ」

あまり彼女を怖がらせないように、控えめに助言をすることにした。

正直、この動画に映っている小さな手が、浜野さんは心霊現象かどうかはわからない。

ただ、妊娠中の彼女に、精神的な負担を掛けたくないと思ったのだ。

「そうですね。気にしても、しょうがないし……一度、神社にお参りしてきます」

気持ちを切り替えるように、彼女は言った。


それから暫くして、ヨーコさんは産休に入った。

初産ということもあり、少し早めに休暇を取ることにしたのだという。

「産休前にヨーコちゃんと話したら、『あの動画は、もう消しました』って、言ってましたね。彼女も気にしていない様子だったので、安心してたんです」

その後、何事もなく月日が流れ、翌年の春先となった。

浜野さんの介護施設では、毎年この時分になると組織改編の通達がある。

四月からの新年度に合わせて、人事異動が行われるのである。

「三年に一回くらいですかね、介護士の赴任場所が変わるんですよ。で、その時期になると、メールで異動者の名簿リストが回って来るんですけど」

その中に、ヨーコさんの名前があった。

だが、彼女の名前の横には異動先がなく、ただ〈退職〉とだけ書かれていた。

「育休が明けたら、彼女は復帰するものと思っていたので、すごく残念でした。でも、彼女は介護の仕事が好きだと言っていたし、辞めてしまう理由がわからなくて」

同僚の介護士に聞いてみたが、誰も事情を知らないようだった。

（産後の肥立ちでも、悪いのだろうか？）

心配した浜野さんは、携帯のショートメールに連絡をしてみることにした。

『仕事辞めるって聞いたけど、元気にしてますか？』

送信した途端に、返信が返ってきた。

ヨーコさんらしい、絵文字入りの可愛いらしいメールだった。

『浜野さん、お久しぶりです。私も赤ちゃんも腎臓の病気で大変だけど、これからも頑張ります。では』

返信メールを読んで、絶句した。

あの元気だったヨーコさんが、まさか内臓系の病気を患っているとは、予想すらしていなかったのである。

が、――待てよと、思った。

返信メールの文章に『私も赤ちゃんも』とある。

文脈をそのまま解せば、母子ともに腎臓の病を抱えていることになる。

だが、生まれたばかりの赤子が、母親と同じ病気を患うことなどあるのだろうか？

そのとき、ふと〈小さな手〉のことを思い出した。

彼氏が戯れに撮った、私生活の映像。

あの映像の中で、〈小さな手〉は彼女の脇腹を――

恐らくは、腎臓の付近を掴んでいた。

もっと事情を知りたいと思い、もう一度、質問のメールを送ってみた。

「でも、駄目でした。それっきり、返信が来ないんですよ」

それから、二年ほど経つ。

介護士仲間に聞いてはいるが、いま現在、ヨーコさんの消息はわからない。

おばあちゃんの味

つい最近、馴染みの居酒屋で、井山さんという初老の男性と会話をした。

聞くと彼は、都内の数か所で幼稚園を経営しているらしい。

興が乗り、「何か不思議な話はないか?」と聞いてみた。

「最初に開園してから、もう三十年近く経つのかな。そりゃあ、どんな仕事も、長くやってりゃ、奇妙なことも起こるってもんだよ」

「いまから、十数年も前のことだよ。当時、僕は無農薬栽培の米農家を探していてね。なるべく子供たちには、安全なご飯を食べさせたいと思っているから」

井山さんは、開園当初から初志一貫して食育を推進している。

『健全な食生活を実践できる、人間を育む』

食育の基本理念に則り、園児たちに食の大切さを教えたいと考えているのだ。

そのため、安全な食材の選定にも拘っているのだが、他の野菜類ならともかく、無農薬の米を探すのは非常に難しかった。

「実際、無農薬栽培に取り組んでいる農家が少なくてね。無農薬ってことは、除草や害虫駆除を人の手でやるってことだからさ。農家も、割に合わないんだよ」

調べてみると、農薬を使わずに安定した収穫を得るのは、至難の業らしい。

それでも、方々の稲作地帯を訊ね歩いて、ようやく条件に合う米農家を探し出した。

「そこの農家のご主人、Fさんといってね。かなり早くから、合鴨農法を取り入れていたらしいんだ。なんでも脱サラして農業を始めて、十年足らずって言ってたよ」

所有する農作地を見せて貰うと、水田の反数は決して多くはない。

だが、畦道は綺麗に整地され、人の手で丁寧に除草してあることがわかる。

水田をぐるりと取り囲む柵網は、野生の動物から合鴨を守るための防護柵らしい。

それだけを見ても、Fさんの無農薬稲作に対する真摯な情熱が、伝わってこようというものだ。

「ぜひ、お宅の米を、うちの園児たちに食べさせたい」

Fさんは「収穫量が多くないから」と渋ったが、井山さんは何度も説得を重ねて、定期的な購入契約にまで漕ぎつけたという。

「それから暫くして、念願の無農薬米が届いてね。まず、親御さんたち数名と、幼稚園の先生方で試食会を開いたんだ。皆さん、『美味しい』って大好評だったよ」
これなら園児も喜んでくれると、井山さんは確信した。
そして翌日、苦労して入手した無農薬米を、給食に配膳することができた。
その結果は——惨憺たるものだった。
ひと口食べただけで「いらない」と、園児たちが箸を止めてしまうのである。
先生方が慌てて「ご飯も食べようね」と促すのだが、まったく食が進まない。
口を一文字に結んで、一切食べようとしないのだ。
その日、幼稚園から廃棄された残飯は、大変な量になった。
「さすがに、困ったよ。お米を売ってくれたFさんにも、申し訳がないし……」
第一、子供が食べないのでは、食育もへったくれもない。
そこで井山さんは、園児たちに「このご飯、美味しくない？」と、質問して回った。
すると、不機嫌そうに園児たちは「おばあちゃんの味がする」と答えた。
（ということは……味つけが古臭いのか？）
恐らく園児たちは、祖母が作った料理に、味が似ていると訴えているのだろう。
それならばと、子供が喜ぶ味つけのおかずを増やしてみることにした。
またご飯も、具を混ぜた炊き込みに変えた。

結果、おかずは綺麗になくなったが、ご飯の廃棄量は変わらない。

「でも、僕も園児たちと同じご飯を食べてみたんだが、普通に美味しいんだよ。結局、原因がわからなくてね。仕方なく、市販されている普通の米に戻してみたんだが」

驚いたことに園児たちは、お残しをすることもなく、ご飯を食べ切ったのである。

（……おかしいな。普通じゃ、考えられない）

無農薬とは別に、子供が嫌う理由が他にあるのでは、と井山さんは疑い始めた。

そこで彼は再び農村を訪れ、近隣の農家にFさんの評判を聞いてみることにした。

もちろん、〈Fさんには、気づかれないように〉である。

すると、とある農家の人が『あそこの米は駄目だ』と、露骨に吐き捨てた。

――あそこの土地には昔、墓が建ってたんだよ。

それは、戦争が終わった直後のことだったという。

近くを流れる川が氾濫し、付近一帯が濁流に飲み込まれたことがあった。

そのとき、村の外れにあった菩提寺も、墓場もろともに流されたというのである。

後日、寺は他所に建て直され、墓場もその近くに移転した。

だが、墓に収められていた遺骨の多くは、川の氾濫で散失してしまったらしい。

「Fさんの農作地は、その墓場の跡地にあるんだって、教えて貰ったんだよ。流された墓の上に稲を植えても、ロクなことにならないって」

念を入れ、井山さんは村の役場に行って、台帳を見せて貰うことにした。

やはり、あの農家の人が言っていたことは、正しかったという。

「もちろん、だからどうしたって話だよ。ただね、そのときちょっと、気がついたことがあってさ。うちの園児たちのことなんだけど」

園児たちは無農薬米を『おばあちゃんの味がする』と、言っていた。

そのとき、井山さんは「味つけが古いのか」と思い込んでいたが――

園児たちの家族構成を調べると、それは間違っていた。

祖父、祖母と同居している園児が、ひとりもいなかったのである。

「最近は核家族化が進んでいて、お祖母《ばあ》さんと同居しているご家庭がなかったんだよ。だからさ、園児が『おばあちゃんの味』なんて、知っているはずがないんだ」

結局、井山さんは一回限りで、Ｆさんが作った無農薬米の購入をやめてしまった。

気のせいと言われるかもしれないが、やはり気味が悪かったのである。


幼稚園の園児たちは、いまも元気にご飯を食べている。

磯釣り

都内に住む横山さんは、以前小学校の教師をしていたことがある。

最初に赴任した先での体験というから、およそ三十年は昔の話だという。

「ある地方の離島で、三年間ほど教えたよ。過疎地みたいな島の学校だったから、初任とは言っても、研修期間みたいな扱いだったんじゃないかな」

ただ、当時独身だった横山さんに、まったく不満はなかったという。

子供の頃から釣りが好きだった彼は、離島での暮らしに憧れていたのである。

毎週末、釣り道具を抱えて、借家の近くにある磯場へと夜釣りに出掛けたそうだ。

「磯では、よくキスを釣ったよ。海の底がさ、陸地に向かって徐々に浅くなっている砂地のことを『かけあがり』って言うんだけど、そういうポイントを探して仕掛けを投げると、いい具合にキスが掛かったんだよ」


島に来て、二年目の初夏のこと。

土曜の夜、お気に入りの磯場に腰を据えた横山さんは、早速仕掛けを放った。

休日前夜となれば、翌朝の寝不足を心配する必要もない。

釣果次第では、夜明かしも辞さないつもりだ。

ただ、曇天に月光が遮られて、夜空との境目がわからぬほどに、海原が黒い。

足元に置いたランタン兼用の懐中電灯が、揺れる波頭を微かに照らすだけである。

「だからって訳じゃないけど、その晩はあまり釣れなくてね。海が暗すぎて、釣れるポイントもよく見えないし……何度か、根掛かりをしてさ」

今晩は諦めて帰ろうかと、考え始めた矢先である。

釣り竿に、強い当たりを感じた。

テグスがぴんと張り、弧を描いて竿がしなる。

（おっ、でかいな、これ！）

引きの強さから察するに、かなりの大物らしい。

もしかしたら、ヒラメかも知れない。

「そのときに使っていた竿はキス釣り用で、大物には向いてなかったんだ。だけど、『この竿で釣ったら、他人に自慢できるな』って、却って闘志が湧いてね」

しかし、あまり無理をして、竿を折ってもつまらない。

逸《はや》る気持ちを抑え、細心の注意を払いながらリールを手繰った。

どのくらい時間が過ぎたのか、気がつくとテグスが足下の岩場まで近づいていた。

が、少しでも気を抜くと、魚が暴れて、再び沖に戻ろうとする。

「ただ、そいつがどうも、ヒラメとは思えないくらいにしぶとくてね。引きの強さも違うみたいだったし……『こりゃ、エイでも引っ掛けたか？』って思い始めて」

砂地のポイントを狙って釣りをすると、稀にアカエイが餌に喰らいつくことがある。

いわゆる〈外道〉と呼ばれる類の魚で、釣り上げても良いことはない。

特にエイは毒針を持っているので、扱いが厄介だった。

（もしエイなら、テグスを切っちまおうか……）

確かめてみようと思い、懐中電灯で海の中を照らしてみた。

――テグスの先で暴れる〈何か〉に、髪の毛が生えていた。

魚かどうかは、わからない。

ただ、時折波間に覗く白い皮膚に、黒々とした毛髪が伸びているのである。

そいつが海中で暴れるたび、まるで海月《くらげ》でも真似たかのように髪が水中に舞った。

妙に、艶々とした長い黒髪で――

一瞬、嫌な想像が横山さんの脳裏を掠める。

「……まさか、死体を引っ掛けたんじゃないよな？」

冗談半分に呟いてみたが、却って不安な気持ちが募るだけだった。

「海藻でも絡まっているんじゃないかって、良いほうに考えたけど……どうも、そんな感じでもなくてね。辺りは真っ暗だし、段々と気味が悪くなってきてさ」

テグスを切ろう、と決めた。

すでに大物に対する興味は失せており、磯場から離れたくなっていた。

携帯した十徳ナイフをリールの先にあてがうと、テグスはあっけなく切れた。

同時に、しなりきっていた釣り竿が、フッと軽くなり――

再び、〈ぐんっ!〉と強く竿を引かれた。

絶対に、あり得ないことだった。

「まるで竿の先を誰かに掴まれているみたいに、強く引っ張られてさ……みっともないんだけど、女みたいな悲鳴を上げちまって」

大根抜きに竿を引き抜くと、一目散に逃げた。


翌日、海岸で死体が打ち上げられたことを知った。

横山さんが夜釣りをした、磯場の近くだったらしい。

「若い女性だったと聞いたよ。いや……正直、あまり知りたくはなかったんだけど、狭い島だからさ。噂が自然と耳に入ってくるんだよね」

ひと月ほど前、観光で島を訪れた女性が、行方不明になっていたのだという。

海で入水自殺を図ったのではないかと、島民が教えてくれた。

「でね、あの晩に竿に掛かったのは、その娘だったんじゃないかと思っているんだ。まぁ、いまじゃ知りようもないけどね。でも、もしそうだとしたら、遺体を見つけて欲しくて、俺を引き留めようとしたんじゃないかって……と言うのはさ」

無我夢中で走って逃げた、あの晩。

持ち帰った竿を見ると、先端から十センチほどがグシャグシャに折られていた。

「まるで、強い力で握り潰されたみたいだったよ」

苦虫を噛み潰したような顔で、横山さんが呟いた。

静止

写真撮影が趣味の田上さんが、都内の湾岸公園を訪れたときの話だ。

夕暮れの海岸を撮影し終えて、そろそろ帰ろうかと、機材を片づけた。
だが、公園の出口から出た辺りで、急に小便がしたくなった。
（……駅まで、結構あるよな。いまのうちに、便所に行っとこうか）
少し戻って、公園内にある公衆便所に入った。
早速、男性用の小便器に向かって、放尿すると――
バタンッ！　バタンッ！　バタッ！　バタタタタッ!!………
三つある個室のドアが、背後で凄まじい音を立てながら開閉を始めた。
だが、いくら後ろを振り返っても、人のいる気配がない。
公衆便所のドアが、〈ひとりでに〉開け閉めを繰り返しているのである。
（えっ！　何だ、これっ!?）
驚いて、便所から逃げ出そうとしたが――それは、無理だった。

まだ、放尿が終わっていなかったのである。

しかし、彼の背後では狂ったようにドアが暴れている。

鼓膜も張り裂けんばかりに、開閉音が反響して——

「うるせーーーーーっ!!」

我慢できずに、田上さんはつい怒鳴り声を上げた。

それと同時にすべてのドアが、ピタッと動きを止めたのだという。

だが、ドアが〈閉まって〉止まった訳ではない。

ドアが開いた〈途中の〉状態で、突然に静止したのである。

それを見て、心の底からぞっとした。


「ドアが勝手に動くよりも、怒鳴り声に反応したことのほうが怖かったんだよ。だって……それって、ドアに俺の意思が通じたってことだろ?」

公衆便所を離れるまで、まったく生きた心地がしなかったという。

その後、田上さんは件の公園に行っていない。

調光

数年前、坂上さんは仕事の都合で、家具付きのマンションを借りた。

いわゆるマンスリー賃貸と呼ばれる物件で、半年間の滞在を見越してのことだった。


引っ越しをした、最初の日。

リビングで寛いでいると、テーブルの下に紙切れが落ちていることに気づいた。

拾い上げると、若い男女が写ったプリクラ写真だった。

仲睦まじい様子の写真ではあるが、もちろん、まったく見知らぬ他人である。

何となく気味が悪かったので、そのままごみ箱に捨てた。

「初日にそんなことがあったので、少し神経質になっていたのかも知れませんが……そこの部屋、住んでみると、何となく息苦しい感じがしたんです」

だからと言って、妙なものが見えたりする訳ではない。

ただ、部屋の雰囲気が暗く、空気が澱んでいるような気がするのである。

また時折、いるはずのない人の気配を、部屋の中で感じることもあった。

だが、そのたびに〈気のせいだ〉と、半ば強引に自分を納得させていたという。

引っ越しをして、二ヵ月が過ぎた頃。

学生時代の友人を、マンションに招いたことがあった。

たまたま友人が近隣の街に出張で来ていたので、折角だから一緒に飲まないかと、声を掛けたのである。

が、部屋に案内した途端、「あっ、ここダメだ」と、友人が嫌がった。

驚いて理由を聞くと「可能なら、引っ越したほうがいいぞ」と、真顔で忠告された。

彼が言うには、この部屋には〈強烈な情念〉がこびりついているらしい。

部屋中に未練や悔しさといった感情が、雲霞のごとく渦巻いていると言うのである。

「元々、友人に霊感があることは知っていたのですが……急に部屋を引っ越せと言われても、資金面で厳しくて。そのことを伝えたら、友人が色々と考えてくれたんです」

数日後、友人が一枚のお札を、宅急便で送ってくれた。

同封されたメモには、「このお札を鬼門の方角で、且つお札から自分の姿が、常時見えるような場所に貼ること」と、書いてあった。

欄外に「半年くらいなら、守ってくれるはず」とも、書き添えてある。

「正直、少し大げさだとも思ったのですが……でも、友人がわざわざ送ってくれたものですし、言われた通りにしてみようかと思って」

坂上さんはコンパスで鬼門の方角を探すと、リビングに脚立を持ち込んだ。

そして、壁のなるべく高い位置に、お札を貼りつけると――

〈ぱぁっ〉と、いきなり部屋の照明が明るくなった。

まるで電灯からシェードを外したような、極端な光量の変化だったという。

「それまであまりに部屋の照明が暗かったので、どこかに調光用のスイッチがあるんじゃないかと、ずっと探していたんです。でも『そうじゃない』って、わかったら」

――途端に、怖くなった。

幽霊や、怨念がどうだということではない。

自分が〈お札を貼った〉という行為に対して、物理的な反応があったということが、単純に気味悪かったのである。

「翌月、引っ越しました。多少、生活が苦しくなりましたけど……それでも、お札に守られなければ住めないような部屋に、長居したくありませんから」

剥がすのが嫌だったので、お札はそのまま壁に貼りつけておいた。

次の家では、特に奇妙なことは起こらなかったという。

メントール

東北のとある地方銀行に勤めている、田中さんから話を聞かせて貰った。

二十年ほど、昔の出来事だという。

「その頃、俺もまだ若手営業だったからさ、普段は外回りが多くてね。で、ある日、昼を過ぎてから銀行に戻ったらさ、窓口がやたらと騒がしかったんだ」

見に行くと、窓口の女性行員がお客さんと口論しているようだ。

何事かと、慌てて仲裁に入って——ぎょっとした。

お客さんの左手が、血塗れになっていたのである。

「そのお客さん、高木さんという七十過ぎの婆さんでね。うちの銀行のお得意様だったからさ、まさか、客に怪我をさせたのか？　って、焦ったんだけど」

話を聴くと、どうやら事情が違うらしい。

銀行の店先で転倒した高木さんが、血止めの薬を貸して欲しいと、窓口まで頼みに来たと言うのである。

怪我の具合を見せて貰うと、思ったより傷口が深そうだった。

「だから、『病院まで運びます』って勧めたんだけど、高木さんが嫌がってね。病院はいいから『○○○』という軟膏を、貸してくれって言い出したんだ。でも、軟膏なんか、事務所に置いてあるかどうかもわからなくて」

困惑する田中さんを尻目に、高木さんは「軟膏を貸して」の一点張りである。

仕方なく、女性行員に事務所の救急箱を取りに行かせた。

常備薬を見せてやれば、高木さんも納得してくれると考えたのである。

だが、「あるじゃない。これがいいのよ」と、高木さんが指をさした。

見ると、確かに軟膏薬のメンタム缶が救急箱に入っている。

「それが、ちょっと変わった軟膏でね。海外製なのか、ラベルが英語表記だったし……もちろん、そんな薬が事務所に常備されていたなんて、知らなくて」

高木さんは、右手の人差し指で白い薬剤を掬うと、傷口に塗りつけたという。

銀行の窓口に、メントールの清涼な香りが広がった。

「ねっ、よく効くでしょ？」

微笑みながら、彼女が傷口を晒した。

意外なことに、傷口が塞がって、出血も止まっているように見えた。

「たぶん、軟膏に含まれていたワセリンの成分が、血止めに効いたんだと思うけど……ただ、そんなことがあってから、高木さん、頻繁に軟膏を借りに来るようになったんだ。やれ、指を切っただの、擦り剥いただのって」

もっとも、日頃から町内の年寄りがたむろする、長閑《のどか》な地方の銀行である。いまさら、高木さんを邪険にする理由などない。

ただ、なぜ彼女が銀行に軟膏を借りに来るのか、その理由はわからなかった。

「一度、『この軟膏、譲りましょうか』って話をしたんだよ。だけど、頑《かたく》なに固辞されてね……まぁ、結局、話し相手が欲しいだけなんだと思って」

それ以上、彼女のことを気にするのはやめた。

ある日の昼下がり、銀行で騒動が起こった。

高木さんが左腕に酷い火傷をした状態で、銀行に現れたのである。

彼女は「うっかり、ヤカンをひっくり返しちゃって」と笑っていたが、熱傷を負った左腕の皮膚が白く変色していたという。

「俺はそのとき、外回りで銀行にはいなかったんだけど、相当な騒ぎだったと聞いたよ。慌てて、支店長が救急車を呼んだみたいだけど……」

高木さんは「こんなの、軟膏塗れば治るのよっ！」と、救護搬送を嫌がったらしい。

その際、暴れた彼女の左腕から、ずるりと皮膚が剥げ落ちたという。

だが、救急車で搬送される間際まで「軟膏を貸して頂戴っ！」と叫んでいたそうだ。

「高木さん、ボケちゃったのかも……」

その場で対応した銀行員が、複雑な表情で教えてくれた。

「尋常じゃないっていうか、そんな大火傷をした状態で、よく銀行まで歩いて来れたものだとは思ったけど……その騒ぎの後、高木さんは銀行に姿を見せなくなってね」

高木さんの病状について、警察や病院から特に連絡はこなかった。

また、彼女の親族が、挨拶に訪れることもなかったという。

結局、騒動の顛末が何も伝わらないまま、月日だけが流れていった。


数ヵ月が過ぎ、季節が初夏に差し掛かった頃。

その晩、田中さんは急ぎの報告書を仕上げるため、遅くまで残業をしていた。

すでに同僚たちは退社し、事務所の照明も半分は消してある。

「そろそろ、終わりにするか」と、自分のパソコンの電源を切ろうとした。

そのとき――〈びちゃっ〉と音がした。

水滴が床で弾けたような、濡れた音だった。

だが、事務所内に給湯室はなく、ウォーターサーバーも置いていない。

〈びちゃ……びちゃびちゃっ……〉と、音が続いた。

どうやらその音は、事務所の中から聞こえているらしい。

「ちょっと気になってね。まさかとは思ったけど、水道のパイプでも漏れていたら、後々面倒なことになるしさ」

音の出どころを探って、薄暗い事務所をうろうろと歩き回った。

〈……えっ？〉

オフィス机の暗がりに、人影が蹲《うずくま》っていた。

その人影は床に正座した格好で、頻《しき》りに自分の顔を叩くような仕草をしている。

手が顔に触れるたび、〈びちゃり〉と濡れた音が響いた。

咄嗟に、警備員を呼ぼうとしたが――やめた。

鼻先にふっと、メントールの香りが漂ったからだ。

「……高木さん？」と、思わず声にした。

メントールの香りを嗅いで、唐突に彼女のことを思い出したのである。

すると、再び〈びちゃっ〉と湿った音が響いて、蹲った人影が顔を上げた。

その顔面は、焼け爛れて炭化していた。

ただ、目蓋《まぶた》を失った両眼だけが、爛々《らんらん》と白い光を湛えている。

視線を合わせた瞬間、そいつが〈ガサガサ〉と足元に這い寄ってきた。

強烈なメントールの中に、焦げた肉のにおいを嗅いだ。

『……して、ちょうだいよ』

真っ黒な手で〈ぬるり〉と、頬を撫でつけられ――

田中さんは、その場で卒倒した。


「その後、見回りに来た警備員に叩き起こされてね。慌てて、事務所を探したんだけど、誰もいなかったよ……で、バツが悪いから、その場は適当に誤魔化したんだけど」

翌朝、早めに出社した田中さんは、救急箱の中身を調べてみたという。

すると、軟膏のメンタム缶だけが、箱から消えていた。

だが、それ以上の痕跡は、何も見つからなかった。

「ただね、俺はいまでも、あのお化けが『高木さん』だったのかどうか、よくわからないんだよ。と言うのはさ……」

それから半年後、高木さんの息子を名乗る男性が、銀行を訪ねてきた。

「母親の口座を、凍結したい」

そう言うと男性は、高木さんの死亡届の写しを提示したという。

つまり、故人の遺産分与を行うための事前準備が、開始されたことになる。

「だから、高木さんが亡くなったのは確かなんだけど、その死亡届にあった命日が、つい数日前だったんだよ……だとするとさ、俺は彼女が亡くなる半年も前に、彼女が焼け焦げた姿を、見たってことになるだろ」

——でも、真っ黒に焦げた生霊なんて、いるもんなのかね？

そう言うと、田中さんは話を終わらせた。

アシスト

　岸田さんは数年前まで、中部地方にあるゴルフ場の管理職に就いていた。

　地元では有名な老舗のゴルフ場だったが、リーマンショックを境に経営が悪化し、業績が低迷した施設だったという。

「以前、うちの会社が買収したゴルフ場なんだが、中々収益が上がらなくてね。僕は業務全般のマネージャーを拝命したんだけど……昔ほど、レジャー施設が儲からない時代だからさ、色々と大変だったよ。でも、社命は絶対だしね」

　収益率を向上させるため、事業全体の見直しを図ることが直近の任務だった。

　また、それと並行して、運営経費の削減も進めなければならない。

　だからという訳でもないが、単身赴任の手当てはかなり少なかったらしい。

　そのため、岸田さんの生活は質素なものとなった。

「赴任先のゴルフ場が山頂にあったから、麓の町で六畳一間を借りてね。家族が使うから、自家用車も持って来れなかったし……正直な話、四十代半ばを過ぎて、車なしのひとり暮らしに戻るとは、思っていなかったけどね。でも、いまどきの単身赴任なんて、どこの会社も似たようなもんだよ」


単身赴任が始まって、二ヵ月が過ぎた頃のこと。

ある朝、身支度を整えた岸田さんは、会社から借りた自転車でゴルフ場に向かった。

麓の町からゴルフ場まで従業員用の社用バスも運行していたが、マネージャーの仕事は残業が多いので利用していなかった。

自転車は、前任者が残していったものらしい。

「折り畳めるタイプの、小さな自転車でね。あまりスピードが出ないから、職場に着くまで片道四十分くらい掛かったかな」

もっとも、岸田さんは〈健康に良いから〉と、さして不便にも感じていなかった。

ただ、その日は朝から濃霧が立ち込めており、町中でさえ視界が悪かったという。

この土地に来て以来、初めての経験である。

歩行者に注意を払いながら、灰色に煙った住宅街を先へと急いだ。

すると――前方の道路に、人影があることに気がついた。

どうやら、誰かが霧の中で自転車を漕いでいるらしい。

ベールを透かしたような視界の先で、プラスチック製の背もたれが揺れていた。

「よく見たらそれ、ママチャリなんだよ。子供の送迎用なのかな。自転車の後部座席に、大きなチャイルドシートが積んであってさ」

まるで幌《ほろ》のように、全体がレインカバーで覆われたチャイルドシートだった。

それが重いのか、ママチャリは酷くゆっくりと、道の真ん中を走っている。

できれば追い越したかったが、住宅街は道幅が狭く、思うようにいかない。

（……そのうち、別の道に行くだろう）

無理に追い越すのはやめ、スピードを緩めて走ることにした。

が、予想に反してママチャリは、ずっと岸田さんの前を走り続けていたという。

やがて、町を抜けて郊外の国道に出たが、それでも進路は変わらなかった。

「だけど、郊外の道路は道幅が広かったからさ。ここでなら、安全に追い越しができると思ったんだ」

気がつくと、だいぶ霧が晴れてきている。

岸田さんはペダルに力を込め、前を走るママチャリを追い抜いてやった。

ちらりと目を遣ると、ママチャリの運転手が雨合羽を着こんでいるのが見えた。

深くフードを被っているが、若い母親らしい。

チャイルドシートには、小さな子供を乗せている様子だ。

（この親子のお陰で、少し遅れてしまったな）

始業時間が気になった岸田さんは、先へと急ぐことにした。

——その直後、背後に気配を感じた。

振り向くと、後輪のすぐ後ろにママチャリが迫っていた。

先ほどと違い、猛烈なスピードで走っている。

（なんだ、急に？）と慌ててペダルを回したが、引き離すことはできなかった。

少し距離を空けても、すぐに追いつかれてしまうのである。

アシストだな、と思った。

当時、世間では電動アシスト付きの自転車が流行《はや》り始めていた。

後続のママチャリが、電動機を載せていても不思議ではない。

だが、なぜ自分がママチャリに追われているのか、その理由はわからなかった。

「もしかして、ヤンママに絡まれているのかもと考えたんだ。ただ、そうは言っても、相手は母親だからね。あまりムキになる訳にもいかないし……」

仕方なく岸田さんは、自転車のスピードを落として、後続車に道を譲ることにした。

因縁をつけられても厄介なので、視線は伏せたままである。

挨拶もせず、その女は岸田さんを追い越していった。

が、――再びママチャリが、目の前でゆっくりと走り始めた。
まさに、典型的な〈煽《あお》り行為〉だった。
（この女……頭がおかしいんじゃないか？）
さすがに腹が立ち、ひと言、文句を言ってやろうと心に決めた。
岸田さんは、もう一度ママチャリを追い抜くと、すぐに自転車のスピードを緩めた。
正面から怒鳴るつもりで、真後ろを振り返って――
（あっ、これは違う）と、瞬時に理解した。
女が被ったフードの頭部が、〈ぺたん〉と平らに凹《へこ》んでいたからだ。
どう見ても、鼻から上の部分が失われているとしか思えなかった。
――追い越される瞬間、チャイルドシートの中身が目に入った。
不自然な方向に、首の曲がった子供がいた。
顔色が白く、まるで水揚げされた烏賊《いか》のように〈ぐんにゃり〉としている。
（ふたりとも、生きてない）
そのことに、ようやく気づいたが――
ペダルを漕ぐ脚を、緩めることはできなかった。
こちらが止まれば、向こうも止まってしまうかもしれない。

それが怖くて、止まれなくなったのだ。

暫くの間、ママチャリとつかず離れずにペダルを漕ぎ続けた。

ふと、（このままだと、山道を登ることになるな）と、岸田さんは思った。

ゴルフ場へと続く山道は、この先の登り口でふたつに分岐している。

最短距離でゴルフ場に向かう本道と、山腹をくねりながら登っていく間道である。

どちらの道も山頂付近でゴルフ場と合流しているが、だいぶ遠回りとなるので、岸田さんは間道を使ったことはない。

やがてママチャリは、まっすぐ本道を登っていった。

（……よし、いまだっ！）

岸田さんは、迷わず間道にハンドルを切った。

そして、全速力で自転車を漕ぎまくったそうだ。

幸いなことに、女は追って来なかった。


その日の昼休み、事務所のパート社員から話し掛けられた。

なぜか遠慮がちに、こんなことを聞いてくるのだ。

「岸田さん、自転車通勤ですよね？　……今日、変な女を見ませんでしたか？」

そう言われて、思わず返答に困った。

今朝、得体のしれない女に追い駆けられたことは、まだ誰にも話していなかったのである。

すると、彼女は「やめたほうがいいですよ、自転車」と、忠告してくれた。

聞くと、自転車通勤の従業員は、岸田さん以外にいないらしい。

理由は、ひとつだけ。

奇妙な女に、追い回されるから。

過去、ママチャリに追い回されて、事故に遭った従業員が何人かいるのだという。

彼らは皆、事故で大怪我を負い、ゴルフ場を辞めてしまったと言うのである。

ただ、事故が起こるのは本道だけで、間道で怪我をした従業員はいないらしい。

その後、社員たちの陳情があり、社用バスが運用されるようになったのだという。

あの女は何者なのかと訊ねたが、パート社員は首を横に振るばかりだった。

だが、「霧の日に、目撃する人が多いみたいですよ」と、教えて貰った。

その日から、岸田さんは社用バスで通勤することにした。

多少、仕事が滞りがちになったが、残業もやらなくなったそうだ。

三年間、マネージャー職に就いた後、岸田さんは本社へ戻ることになった。
従業員たちは別れを惜しみ、盛大な送別会を開いてくれたという。
彼らの厚情には、いまでも深く感謝している。
ただ、なぜ赴任当初に、あの女のことを教えてくれなかったのか――
そのことだけが、いまだに納得できないのだという。
翌年、ゴルフ場は別の会社に売却されたので、もはや何の繋がりもない。

祖母の家

友人の和田さんから、聞かせて貰った話である。

「昔、うちの実家は、父方の祖母ちゃんの家が近くてさ。両親が共働きだったこともあって、小学生の頃はよく遊びに行ったもんだよ」

祖母の家は古い二階建ての木造住宅で、祖父が早くに亡くなってから、祖母がひとりで暮らしていたという。

玄関からまっすぐ進んだ廊下の突き当たりに台所があり、その手前が居間。

玄関脇の急峻《きゅうしゅん》な階段を上ると、樟脳《しょうのう》の香りが染みついた寝室がある。

階段の踏板が酷く軋んだのを、いまでも和田さんは鮮明に覚えているという。

祖母が亡くなったのは、和田さんが小学三年生のときだった。

流行りの風邪を拗《こじ》らせて、日を数える間もなく急逝してしまったのである。

空き家となった祖母の家には、当時独身だった叔父が住むことになった。

とても温厚な人で、和田さんが大好きな叔父だった。

だが、祖母が健在だった頃に比べて、その家を訪れる頻度は減った。

母親が、祖母の家に行くのを嫌うようになったからである。

子供心に（お母さんと叔父さん、仲が悪いのかな）と、思っていた。

それでも両親が不在のときなどは、稀に叔父の元で食事をすることもあった。

あるとき、叔父がぽつりと、こんなことを言った。

「この家って……まだ、母さんが住んでいるみたいなんだよ。こうやって、台所で飯食っているとさ、ときどき二階から誰かが下りてくる足音がするんだ。で、そのうち手摺りから、〈ひょいっ〉と母さんが、顔を覗かせそうな気がしてね」

――独身の俺が心配で、成仏できないんじゃないか。

そう言って、叔父は笑っていた。


和田さんが、中学に上がった頃のこと。

叔父がついに結婚し、祖母の家を離れることになった。

実兄である父親はもちろんのこと、母親の喜びようも大変なものだったという。

てっきり、折り合いが悪いのだと思っていた和田さんは、少し意外に感じたらしい。

「普段から『あまり、祖母《ばあ》ちゃんの家に行くんじゃない』って、俺のことを叱っていたからさ、腑に落ちなくてね」
和田さんは、思い切って母親に訊ねてみたという。
――違うのよ。母さんはただ、お前を〈あの家〉に行かせたくなかったの。
そう言うと、母親はこんな話をしてくれた。

祖母が亡くなった、翌々日の遅い夕方。
遺品を整理しておこうと、母親はひとりで祖母の家を訪れたそうだ。
家の中は真っ暗で、どの部屋にも明かりは点いていない。
とりあえず二階から始めようと、階段の踏板を一枚ずつ上がった。
黒炭で磨り潰したような暗闇が、最上段へと続いている。
階上まで上がると、手探りで電灯のスイッチを探した。
(あっ、あったわ)
スイッチの出っ張りが、指先に触れた瞬間――
誰かに、そっと手の甲を撫でられた。
汗で湿った、柔らかく野太い指だった。
「ぎゃあっ!」

咄嗟に手を振り払い、母親は転がるようにして階段を駆け下った。

「母親からこの話を聞いて、叔父さんが『祖母ちゃん、まだ家に住んでいるみたいだ』って、言っていたことを思い出したんだ。でもそれ、本当は祖母ちゃんじゃ、なかったんじゃないかって……」

祖母は小柄な体格で、彼女の指は小枝のように細かったのである。

その年の暮れ、空き家となった祖母の家は、取り壊されてしまったという。

叔父は一体誰と住んでいたのか、いまとなっては知りようもない。

冨野さんのアパートで起こった様々な出来事

横浜でデザイン事務所を経営する冨野さんに、幾つかの体験談を聞かせて頂いた。

彼が小学生の頃から住んでいた、アパートで起こった出来事である。

「もう五十年も昔の話だけど、うちは母子家庭でね。幼いときに父親が亡くなってからは、母親とふたりでアパート暮らしをしていたんだ」

冨野さんが住んでいたアパートは、世田谷区にあった。

大きな住宅が立ち並んだ、いわゆる〈高級住宅街〉の閑静な一区画に位置していたという。

「でも、僕が住んでいたのは、高級とは縁遠いボロアパートだったけどね。風呂はなくて、トイレは汲み取り式の共同便所だったよ」

冨野さんが、最初に不思議な体験をしたのは、小学三年に上がった頃である。

場所は、そこの共同便所だった。

共同便所はアパートの裏庭にあり、いわゆる〈離れ〉となっていた。

入ると、正面に個室があり、その脇に男性用の小便器がひとつある。

怪異は、その個室の中で起こった。

用を足していると、稀に換気口から腕が伸びてくるのである。

換気口は金隠しの先に設えられており、位置は低い。

伸びてくる腕は、ガリガリに痩せて、異様に浅黒かったという。

初めてそれを見たとき、冨野さんは誰かが悪戯をしているのかと思い、急いで離れを飛び出したそうだ。

だが、離れの裏手にはブロック塀が建っており、人間が入り込める隙間はなかった。

覗き込むと、辛うじて換気口の出口が見えるが、かなり遠い。

腕を伸ばしたところで、どうにかなる距離ではなさそうである。

(ってことは、あれは……人間の手じゃないんだな)

冨野さんは、何となくそんな風に考えたという。

その後も何度か、換気口から手が伸びてくることがあったが、無視をした。

また、冨野さんが住んでいた部屋の中でも、奇妙な出来事は起こったそうだ。

彼の部屋は、アパートの二階にあった。

内廊下から玄関を開けると、そのすぐ脇に台所がある。
手前に六畳の居間、その奥に寝室が続いているだけの、狭い部屋だった。
ある日、その部屋で留守番をしていると、突然玄関から人が上がり込んできた。
不機嫌そうな表情を浮かべた、見ず知らずの男性だった。
が、なぜか男は台所をウロウロと歩き回るだけで、居間には入ってこなかった。
「そりゃあ、驚いたよ。知らない男が、挨拶もせずに上がり込んできたんだからさ。
でも、居間と台所は、ガラスの障子で仕切られていてね。僕は居間にいたんだけど、
アイツ、こっちには目もくれなかったよ」
だが、なぜ男が勝手に他人の家に上がってきたのか、その理由はわからない。
怖くなり、冨野さんはガラス越しに様子を窺うばかりだった。
やがて、母親が仕事から帰ってくると、いつの間にか男の姿は消えていた。
「さっき、知らないおじさんが入ってきたっ!」
冨野さんが説明をすると、母親はすぐに大家のところへ相談に行った。
鍵は壊されていなかったので、泥棒が合い鍵を持っていた可能性を考えたのである。
数日後、玄関のドアに新しい錠前がつけ替えられた。
が、――無駄だった。

その後も、男は玄関から部屋に入ってきたのである。
男が姿を見せるのは、冨野さんが留守番をしているときだけ。
いつも怒りに我を忘れたような、険しい表情をしていたという。

冨野さんが、小学五年生の頃のこと。
ある日の放課後、友達と公園で遊んでから家に帰った。
母親はまだ仕事から戻ってきておらず、夕飯までだいぶ時間が掛かりそうだった。
遊び疲れた冨野さんは、居間の床に寝転んでウトウトし始めたという。
すると、玄関のドアが〈がちゃり〉と開き、あの知らない男が上がり込んできた。
だが、いままでも頻繁に男の姿を見ていたので、あまり気にはしなかった。
ガラス障子は閉じており、居間にまで男が入ってきたことは一度もなかった。
「慣れっこになっていたんだよ。あいつ、よく顔を見せてたから……甘く見ていて」
ぼんやりと、ガラス障子の向こうを眺めていると——
〈がらがら〉と、障子が開いた。
「えっ⁉　うそっ？」
思わず上半身を起こした冨野さんに、男が上からのし掛かってきた。

覆い被さるように、体全体で冨野さんを押さえ込んだのである。
そして、両手で冨野さんの首を〈ぐっ〉と絞めつけてきたのだという。
必死に抵抗したが、無駄だった。
まったく息ができず、冨野さんの意識が徐々に遠くなっていった。
――気がつくと、いつの間にか冨野さんは、男の背後に立っていた。
男の肩越しには、青白くなった〈自分の顔〉が見えている。
（これは、どういうことだ……？）
どうやら自分は、意識だけが身体を抜けて、宙に浮いているようなのだ。
いわゆる、〈幽体離脱〉した状態である。
が、あまりにも異常な状況に、冨野さんは酷く狼狽した。
男は馬乗りになったまま、ぐったりとした冨野さんの首を絞め続けている。
だが突然、〈ぎゅん〉と首を回し――
『お前、そこにいるなっ！』と、冨野さんを怒鳴った。
男の首は、百八十度、真後ろを向いていたという。
その直後、玄関から「ただいまー」と、母親の声が聞こえた。
「お母さん、こいつだよっ！　いつも、勝手に入ってくる奴っ！」

冨野さんは指をさして叫んだが、男はもういなくなっていた。

——その瞬間、目の前が再び暗くなった。

意識が戻ったとき、冨野さんは布団の上に寝かされていたという。

「あんた、床に倒れていたから、お医者さんに診て貰ってたんだよ」

介抱しながら、母親がそう説明してくれた。


「でも、それからはあの男、ぜんぜん姿を見せなくなったんだ。まぁ、僕も用心して、ひとりで留守番をしなくなったんだけど」

その後、冨野さんは高校に進学し、いつしかデザイナーの仕事を志すようになった。

元々、絵を描くのが好きで、将来はその道に進みたいと考えていたのだ。

そのため高校時代は、専らデッサンの練習に明け暮れたという。

寝室に石膏の彫像を置き、イーゼルに掛けた画用紙に素描をする。

志望した美術系専門学校の入学試験に、デッサンの実技も含まれていたのである。

だが——自宅で練習すると、ときどき困ったことが起こった。

帰宅後、いざ昨晩のデッサンの続きを描こうとすると、なぜか彫像の向きが変わっているのである。

その度に、彫像の向きを戻さなければならなかった。

母親に文句を言っても、「知らないわよ」と言い返された。

「でも、六畳二間の狭い家だからさ。掃除の邪魔にもなるだろうし……しょうがないって、諦めていたんだよ」

ある日の、夕方。

高校から帰宅した冨野さんは、デッサンの続きをやろうと、奥の寝室の襖を開けた。

すると、部屋に人がいた。

背を向けた大人の男性が、部屋の奥で冨野さんの彫像を弄っている。

どうやら、両手で彫像の向きを変えているようだ。

そいつが何者かを確認する前に、〈かーっ〉と頭に血が昇った。

「おいっ、お前っ！　何をしているっ！」

怒りの感情に任せて、冨野さんは怒鳴り声を張り上げた。

非力だった子供の頃と違い、いまでは体格も大きく成長している。

不審な人物を前にしても、怯みはしなかった。

すると男が〈ぎゅん〉と、首だけを百八十度、真後ろに向けた。

あのときの、〈知らない男〉だった。

が、冨野さんと目を合わせた瞬間、怯えた表情を浮かべ――

『うわっ、やべっ！』

そう叫ぶと、男は霞《かすみ》のように消えてしまった。

それを最後に、冨野さんはあの〈知らない男〉を見ていない。

翌年、彼は志望校への入学を果たし、親元から離れることになった。

「在学中の二年間は、専門学校の近くに下宿したんだ。その間、母親はあのアパートに住み続けていたけど、特に変わったこともなかったみたいだよ」

卒業が間近になった、二年生の冬のこと。

母親から、下宿先に電話があった。

聞くと、近いうちにあのアパートから引っ越すのだという。

「僕の就職先も決まっていたし、『区切りが良いから』って言ってたよ。それで、最後に僕の持ち物を、処分して欲しいって頼まれてね」

久しぶりにアパートへ帰ると、部屋の中は虚《うろ》のように〈がらん〉としていた。

大半の荷物は新居に移されて、さほど引っ越しの手伝いもいらない様子だった。

部屋を退去する直前、鍵の引き渡しに大家が現れた。

十年近く住み暮らした部屋だけに、冨野さんは一抹の寂しさを覚えたという。

その翌日、大家から電話があった。

アパートが火事になったので、事情を聞かせて欲しいとのことだった。

状況が把握できず、とりあえず母親と前の住居に戻ってみた。

——アパートが全焼し、外壁の大半が焼け落ちていた。

大家に話を聞くと、出火元は冨野さんたちが住んでいた、あの部屋らしい。

「消防の他に、警察官が数人いてね。色々と質問をされたけど……『退去するとき、大家さんも立ち会いましたよね?』と言ったら、向こうも頷くしかなくてさ」

冨野さんへの事情聴取は、それで終わった。

なぜ空き部屋から出火したのか、その原因は最後までわからなかった。

冨野さんの近所で起こったとある出来事

冨野さんが世田谷で暮らしていた頃の、別の体験である。


彼が住んでいたアパートは、高級住宅街の中にあった。

当然のことながら、近隣には大きな邸宅が軒を連ねていたという。

そんな高級住宅街にある角地の一等地に、ひと際立派な大豪邸が建っていた。

国民的大スターと呼ばれた、とある野球選手の住居だった。

「日本人なら誰でも知っている、『O選手』だよ。当時はまだ、世界記録を塗り替える前だったけど、子供の人気は絶大でね」

そんな有名人の近所に住んでいることが、彼にはとても誇らしく思えたという。


あるとき、友人のMくんから「O選手の家に行かないか?」と声を掛けられた。

もちろん、Mくんも「O選手」の大ファンである。

その上、町内の少年野球チームに所属するほどの野球好きだ。

そんな彼が「O選手に、サインを貰いに行こう」と、冨野さんを誘うのである。

もっとも、彼が特別なコネを持っているようには思えなかった。

「だからさ、いきなり家に行ったところで、追い返されるのがオチだと思ったんだよ。でも聞いたら、別の学校の生徒で、サインを貰えた子がいるって言うから」

半信半疑ではあったが、冨野さんはMくんの誘いを受けることにした。

冨野さんも、サインは欲しかったのである。

放課後に待ち合わせをして、「O選手」の豪邸へと赴いた。

門前に立って、震えながらチャイムを押す。

すると、「どちら様でしょう?」と、インターホンから女性の声が流れた。

サインをして欲しいと訴えると、裏の通用口に回るように指示された。

「そしたら、女中さんがサイン色紙を二枚、持って来てくれてね。当時の『O選手』って、子供のファンが訊ねてきたときのために、予め色紙を用意してくれていたみたいで」

ふたりとも、小躍りして喜んだという。

特に、Mくんは酷く興奮した様子で、「すげえ、やったーっ!」と叫びながら、通用口から駆け出していった。

そのままの勢いで、豪邸前の交差点に飛び出して——

〈ドンッ〉と音を立て、Mくんは車に撥ねられてしまった。

横断歩道の信号は、赤だった。

「危ないと思ったときには、もう車にぶつかっていてね。あっと言う間の出来事だったから、止めることもできなかったよ」

近所の住人が呼んでくれたのか、暫くすると救急車が救急搬送に来てくれた。

命に別状はなかったが、Mくんはそのまま入院することになった。


一週間ほどが経ち、冨野さんはMくんのお見舞いに行った。

足を骨折したと聞いていたが、思っていたより彼は元気そうだった。

ギブスまだ取れないものの、数日後には退院できるらしい。

「お前さぁ、はしゃぎ過ぎなんだよ。いくらサイン貰って嬉しいからって、急に交差点に飛び出したら、そりゃ轢かれるって」

見舞いの談笑中、冨野さんは軽い口調でMくんを諫《いさ》めた。

事故の瞬間には、彼もだいぶ肝を冷やしたのである。

するとMくんが「……違うんだよ」と、首を横に振った。

「俺、嬉し過ぎて交差点を渡ろうとしたんじゃないんだよ。『O選手』の家を出たら、道路の向こうに女の人が立っているのが見えてさ。『こっちへ来て』って、声を掛けられたから……俺、行かなくちゃいけないと思って」

そのまま交差点に飛び出したのだと、Mくんは言うのである。

「でも、そのとき僕は、道路の向こうに女の人なんか見なかったし……車に轢かれた照れ隠しで、Mくんが妙な言い訳をしているんだと思ったんだ」

冨野さんはあまり深く追求せず、お見舞いを終えた。

それから数年が経ち、冨野さんが高校一年生になった頃のこと。

あるとき、母親に買い物を頼まれ、自転車に乗って近くの商店へと向かった。

その途中、住宅街の交差点で赤信号に掴まった。

サドルに腰を下ろして、ぼんやりと信号が変わるのを待った。

すると――「先に行ってよ」と、後ろから声を掛けられた。

苛立った、女性の声だった。

「あっ、はい」と、ペダルを踏み出そうとして――やめた。

その直後、冨野さんの目の前を、猛スピードでトラックが駆け抜けていった。

信号は、赤のままだった。

「本当に危なかったよ。あの瞬間『おかしい』って気づかなかったら、死んでいたかもしれないね。それで、慌てて後ろを振り向いたんだけど……」

女性など、どこにもいなかった。

ただ、自分があの豪邸前の交差点にいることに、そのとき初めて気がついた。

以前、サインを貰いに訪れた、「O選手」の邸宅である。

(そうか……Mくんの言っていたことは、本当だったんだ)

そう思うと、暫く震えが止まらなかった。

「その頃は、あの豪邸には『O選手』じゃなくて、別の金持ちが住んでいたみたいだけどね。でも後で聞いたら、あの交差点って、やたらと事故が多かったらしいんだ。それに、『O選手』が住んでいた豪邸も、持ち主が頻繁に変わっていたようだけど……あの交差点と、何か関係があったのかもしれないね」

その後、冨野さんはあの豪邸前の交差点を、避けて通るようになった。

一方、「O選手」のサインは、いまでも大切に飾っているそうだ。

ストーカー

「女性の社会進出が遅れているなんて、時々ニュースで話題になるじゃない？　でも、昔よりも、だいぶマシになったと思うのよ。私なんか、入社して最初に言われた言葉が『将来、結婚するつもりなら、いますぐ退社してくれ』だったのよ」

今年で六十三歳になる戸田さんは、現在も証券会社で役職に就いている女性である。これまでに国内外を問わず、数多くの有名企業で要職を歴任してきたというから、本物のキャリアウーマンとは彼女のような人のことを指すのだろう。

そんな戸田さんが、過去に一度だけ体験した怖い話を教えてくれた。

「入社して四年目のことなんだけど、私、ストーカー被害に遭ったのね。もっとも、『ストーカー』なんて言葉は、その頃にはまだなかったんだけど」

ある日、自宅に差出人不明の手紙が送られてきた。

内容は、要領を得ないラブレターの〈ような〉ものだった。

ラブレターと断定しなかったのは、文章中に「愛している」や「つき合いたい」などの、求愛の言葉が一切なかったからである。

その代わりに「キミには、大人の男性の助けが必要だ」とか、「素直に、人の忠告を聞くべきだ」と、上から目線のアドバイスが便箋に長々と綴られていた。

「随分、人を馬鹿にした手紙だったわ。匿名で、内容も薄っぺらだし。そしたら、翌週にも同じような手紙が来て……で、それがずっと続くようになったの」

手紙が送られてくるペースは、加速度的に早くなった。

たまに女性用の腕時計や、イヤリングなどの装飾品が同封されることもあったが、迷惑なだけだった。

ただ、最初から彼女は、差出人の正体に察しがついていたという。

「当時、私は自分の語学力を上げたくて、イギリスへ留学する計画を立てていたのよ。そのことは、社内でも数人にしか打ち明けていなかったんだけど……送られてくる手紙に、『留学なんて、やめろ』って書いてあったから」

同じ会社に勤める社員で、西田という男がいた。

戸田さんより入社が一年遅い後輩だが、歳は同じである。

この西田が、手紙や装飾品の送り主である可能性が高かった。

「彼とは所属する部署が違ったんだけど、一度だけ社内プロジェクトで一緒に働いた時期があったのね。そのとき、何度かふたりきりで食事をしたんだけど……」

迂闊にも、そのとき西田に留学の計画を漏らしていたのである。

だが、彼との接点はそれだけで、特別な交友関係を結んでいる訳でもない。

ましてや、恋愛感情など抱くはずもなかった。

しかし、送られてくる手紙には「キミが、どれだけボクのことを慕い想っているか、それはよく理解している」などと、平然と書かれているのである。

「でも、当時はストーカーって概念がないでしょ？　こっちも考えちゃうのよ、『この人、どうしちゃったんだろう？』なんて……相手のことを心配したりして」

色々と悩んだ末、彼女は西田に〈手紙を送らないで〉と、直接訴えることにした。

だが、西田は自分の行為を一切認めず、終始、シラを切り通したという。

「キミは、自意識過剰なんじゃないか？」と、臆面もなく言い放ったりもする。

さすがに腹を立てた戸田さんは、会社の上司に仲裁を頼んだという。

だが、上司は「会社と、関係ない話だから」と、まったく取り合ってくれなかった。

それならばと、警察に相談に行ってみたが、対応は似たようなものだった。

民事不介入を理由に、彼らは積極的に動こうとしないのである。

「困り果てちゃってね。田舎の両親に相談しようかって、真剣に悩んだんだけど……

でも、そんなことしたら、両親の生活まで狂わせてしまうかもしれないし」

その頃になると、手紙に彼女の私生活のことが書かれるようになった。

彼女が〈いつ〉、〈どこで〉、〈何をしたのか〉が、詳細に綴られているのである。

「きっと、どこかで監視してたんじゃないかしら？」と、戸田さんは述懐する。

ますます状況が悪くなり、彼女は心身ともに疲れ果ててしまった。


そんな、ある日のこと。

自宅のアパートに帰ると、ドアの鍵が開いていた。

いままで鍵を掛け忘れたことなどなかったので、〈おかしい〉と疑った。

用心しながらリビングに入ると、テーブルの上に小さな箱が置いてあった。

リボンで丁寧に装飾された、片手で持てるサイズの箱だが、まったく見覚えのない代物だった。

「西田が……部屋に入ったんだ」

そう気づいた瞬間、沸々と怒りが込み上げてきた。

プレゼントのつもりか知らないが、勝手に他人の部屋に侵入してきたのである。

もう、我慢の限界だった。

戸田さんはその箱を掴むと、タクシーで西田が住むマンションへと直行した。

面と向かって文句を言わなければ、気が済まなかったのである。

以前、警察に相談した際に、前もって住所は調べてあった。

玄関のドアの前に立つと、しつこく呼び鈴を鳴らしてやった。

――と、〈がちゃり〉とドアが開く。

西田が、玄関に立っていた。

血の気のない青白い顔を俯けて、戸田さんと目を合わそうともしない。

「あんた一体、何考えてんのっ⁉　他人の部屋に勝手に入ったりしてっ！　こんなの、犯罪じゃないっ！」

テーブルにあった箱を突き返しながら、彼女は怒りに任せて西田に詰め寄った。

そして、思いつく限りの言葉で、散々に罵倒したのだという。

だが、溜まりに溜まった鬱憤《うっぷん》を、そう簡単に出し尽くせるものではない。

西田は黙ったまま、じっと俯くばかりである。

「…………のせいだ」と、ふいに西田が顔を上げた。

彼の顔が〈ぐんにゃり〉と、溶けた飴玉のように歪んでいた。

「お前が……忠告を聞かないから。俺がこんなに……してやってるのに」

西田の両眼に、鈍い光が宿っているのを見たとき――

そうするのが当然のように、西田の両腕が彼女の首に伸びてきた。

饐《す》えた汗の臭いが、ツンと鼻腔を刺激する。

喉首を〈ぎゅっ〉と絞めつけられ、まったく呼吸ができなくなった。

――しまった。私、殺されるかもしれない。

そのとき初めて、彼女は自分の軽はずみな行動を後悔した。

怒りに我を忘れ、いつの間にか室内の廊下にまで、上がり込んでいたのである。

「それにあいつ、痩せてひょろひょろした体型だったから、ちょっと甘く見ていたのね……でも、『女の力じゃ、男に敵わない』って思ったら、すごく怖くなって」

だが、自分の力が通用しないと観念したことが、戸田さんにとって幸いした。

彼女は無理に抵抗するのをやめて、逆に体中の力を抜いたのである。

すると、彼女の体を支え切れなくなったのか、西田が首から両手を外した。

(このまま……死んだ真似をしよう)

戸田さんは咄嗟に床へ倒れ込んで、息を潜めることにした。

子供じみた思いつきだが、こうするより他に手段がなかったのである。

「お前……嘘だろ？　死んだふりなんかすんなよ……わかってんだぞ」

声の響きから、西田が動揺しているのは明らかだった。

すでに殺意を失ったのか、暫くすると西田は奥の部屋へと姿を消した。

途中、「ズルい女だ」と、呟く声を聞いた。

「そのとき、いましかないと思って、全力で逃げたのよ。でも、玄関のドアを開けたときが、一番怖かったわ。後ろから『待て！』って、怒鳴られたから」

彼女は靴も履かずに玄関を飛び出し、無我夢中でマンションの階段を下った。

そして裸足《はだし》のまま、近くの交番へと駆け込んだのだという。

前回とは違い、〈殺人未遂〉の訴えに対して、警察の対応は早かった。

数人の警官が、一緒に西田のマンションへと同行してくれたのである。

「ドアに鍵が掛かっていたから、管理人に開けて貰ったんだけど……西田は、部屋からいなくなっていたわ」

その後、被害届を提出した戸田さんは、暫くホテルで暮らすことになった。

「容疑者が確保されるまで、なるべくアパートの自室には戻らないでください」

警官にそう忠告され、自宅に住めなくなってしまったのだ。

事件から三日目の夕方、「署まできて欲しい」と警察から連絡があった。

西田が捕まったのかもしれないと思い、急いで警察署に向かった。

が、どうにも様子がおかしい。

やけに警官が、戸田さん自身のことについて、詳しく質問してくるのである。

「最初はね、西田の供述の裏を取っているのかと思っていたの。でも、『○月○日に何をしてましたか？』とか、『この日、何処にいましたか？』とか……何だか、私のほうが取り調べを受けているみたいで」

気分を悪くした戸田さんは「西田は一体、どうしたのよっ！」と、声を荒げた。

――西田は、樹海で首を括って自死していた。

推定される死亡日時は、およそ一週間前。

彼女が殺されかけた日から、四日も早く自殺していたのである。

「そんなはずないって、抗議したのよ。でも、警官も首を捻るばかりで。ただ、状況を見ると、自殺をしたのは間違いないんですって」

自殺する数日前、西田は仕事で大きなミスを犯していたらしい。

エリート志向で自尊心の高かった彼には、耐え難い屈辱だったのかもしれない。

「上司に叱られたくらいで自殺したんだから、結局は甘ったれのお坊ちゃんだったたってことよ。でもあいつ、死んで幽霊になったくせに、私のことを殺そうとしたのかしら？　……ほんと、ロクでなしよね」

翌年、戸田さんは計画通りに会社を辞め、イギリスへの留学を果たしたそうだ。

その後も順調にキャリアを重ねて、未婚のまま現在に至っている。

「でもね、来年で仕事を辞めるつもりなの。いまの彼氏と、結婚しようと思って」

四十年近く働いたんだからと、彼女は屈託のない笑顔で言った。

友曳き

都内の料理店で働く、稲崎さんに取材をさせて頂いた。

聞くと彼は、高校を卒業するまで、青森のとある漁村で暮らしていたという。

「僕が小学三年生の頃の出来事ですから、もう四十年は経ちますかね。大人の漁師たちが怯えていたので、強く印象に残っているんですよ」

以下の話は、当時その漁村で起こった一連の海難事故について、稲崎さんが覚えている限りの経緯を纏《まと》めたものである。


ひとりめ。

ある年の晩夏に、太田さんという漁師が海で亡くなった。

彼が営んでいた乗合いの釣り船が、四人の釣り客を乗せて、転覆したのである。

事情は知れないが、台風が接近しつつある、荒れ模様の海原に出港したらしい。

大勢の漁師仲間が遭難した太田さんの捜索に加わったというが、無駄だった。

数日後、太田さんと釣り客ふたりの遺体が、村の砂浜に打ち上げられたのである。

残りの遺体は、ついぞ見つからなかった。


ふたりめ。

太田さんの事故から一ヵ月後、再び漁師が海で死んだ。

佐々木さんという漁師で、太田さんの幼なじみだったという。

海上保安庁から一報が入ったとき、「また、転覆か」と村人たちは騒然とした。

が、後に知らされた事故の内容は、そうではなかった。

佐々木さんは、網を回収するネットローラーに、体を半分潰された状態で発見されたのである。

状況から見て、胴付きのゴム長ごと機械に巻き込まれた可能性が高かった。

ただ、ひとつだけ不可解だったのは、彼が単独で底引き網漁に出ていたことだった。

もちろん、小型の底引き船であれば、ひとりで操業することも珍しくはない。

だが、佐々木さんはその日、仲間の漁師に手伝いを頼んでいたらしい。

それなのに、彼は手伝いが到着するのを待たずに、出港してしまったのである。

理由は、誰にもわからなかった。

さんにんめ。

佐々木さんの死から一週間後、上田さんという漁師の行方がわからなくなった。

彼も、先に亡くなったふたりと幼なじみで、生前は家族ぐるみのつき合いをしていたらしい。

そのため、佐々木さんが亡くなってからは、かなり憔悴した様子だったという。

短期間にふたりも親友を失くしたのだから、無理からぬことではある。

上田さんの行方がわからなくなったのも、やはり海の上だった。

新たな台風が近づいている最中にひとりで漁に出て、無人の船を海上に残したまま、行方不明になってしまったのである。

大掛かりな捜索が行われたが、彼の遺体は最後まで発見されなかったという。

そのため、死亡と断定ができず、行方不明と見做されたのである。

ただ、上田さんがその日、出漁していたのは確かだった。

と言うのも、当日その地域一帯を統括する漁業無線局に、上田さんからの救助要請が入っていたからである。

後に、稲崎さんが噂で聞いた無線の内容は、およそこうだ。

「頼むっ、助けてくれっ！　ふたりが……太田と佐々木がいるんだよっ！　あいつら、俺を連れて行くつもりだっ！　いま、船の縁から俺を見ているっ！　あぁっ……お願いだから、早く助けてっ！　お願いだっ……」

海保の推定では、「嵐で錯乱し、海に転落したのでは」とのことだった。

が、多くの漁師たちは「ふたりが、友を曳《ひ》いたに違いない」と忌《い》んだという。

後日談。

稲崎さんが高校に上がったとき、正則くんというクラスメイトと仲が良くなった。

彼は数年前に海で亡くなった、太田さんの息子だった。

彼の境遇を知っている稲崎さんは、海難事故の話題には極力触れなかったそうだ。

だが、ある日の放課後、正則くんがこんな話を語り始めた。

「俺さぁ、小学生のとき、親父が死んだだろ？　その後に、ちょっと気味の悪いことがあったんだけど……聞いてくれないか？」

父親が亡くなり、一ヵ月が過ぎた頃。

その日、正則くんは昼過ぎから家の留守番をしていたそうだ。

後に知ったことだが、その日は佐々木さんの訃報が伝えられた当日で、村人の多くが公民館に集まっていたらしい。
ひとりで部屋にいると、玄関の戸を叩く音がした。
出てみると、父が生前、仲の良かった上田さんが立っている。
「約束がある。仏間を、使わせて欲しい」
それだけを言うと、彼は返事も待たずに仏間に籠ってしまった。
(おじさん、急にどうしたのかな?)
気になって仏間の隣室で様子を窺っていると、何やら話し声が聞こえてくる。
最初、上田さんが仏壇に話し掛けているのかと思ったが、様子が違う。
どうやら上田さんの他に、誰か別の人の声が聞こえるような気がするのだ。
だが、その内容はまったく聞き取れなかった。
段々と気味が悪くなってきて、正則くんは外に逃げようかと考えた。
そのときだ――
ゴゴゴォオオオオッッーーー!
突然に、風鳴りの音が響いたという。
びりびりと壁が振動し、梁や柱が大きく軋む。
だが、家の外が荒れているのではない。

明らかに、仏間の中から風鳴りが聞こえるのである。

正則くんは体が竦んでしまい、逃げることもできずに震えていたという。

が、――やがて、仏間からの風音は止み、再び静寂が訪れた。

暫くして、そっと仏間の様子を窺うと、上田さんはいなくなっていた。

「でも、座布団の上に、一枚だけ写真が落ちているのを見つけたんだ」

その写真には、親しげに肩を組んだ三人の男性が写っていた。

左端に上田さんが写っているが、残りのふたりの顔にはバッテンが書かれている。

太田さんと、佐々木さんだった。


正則くんは、そのときの体験を真剣な表情で語っていた。

「でも、『約束がある』って上田さんが言ってたというけど、それは何だったの？」

気になった稲崎さんは、正則くんに聞いてみたという。

だが、彼は「親父は何も言ってなかったし……」と、首を捻るばかりだった。

結局、その〈約束〉とは何だったのか、いまでもよくわからない。

犬鳴き

都内で不動産関係の会社を経営する、飯島さんに取材をさせて頂いた。

いまから、十五年ほど前の話だという。


当時、大学生だった飯島さんは、親元を離れて都内でひとり暮らしをしていた。

だが、実家からの仕送りが乏しく、かなり生活が厳しかったそうだ。

「田舎に比べて、とにかく家賃が高くてね。バイトをやって、何とか生活費を捻出していたんだけど……それでも、結構カツカツで」

そんな頃、バイト仲間に誘われた飲み会で、佐野という同い年の男性を紹介された。

痩身で神経質そうな面持ちの男だったが、一緒に酒を酌み交わしているうちに、次第に打ち解けてきたのだという。

聞くと佐野さんは、将来自分の店を持つために、起業資金を貯めているそうだ。

が、都会暮らしは出費が多く、中々上手くいかないらしい。

そのため、できれば誰かとルームシェアをして、家賃だけでも削減したいと考えているようだった。

「それを聞いて『じゃあ、俺とシェアしないか』って、持ち掛けてみたんだよ。俺も生活が厳しかったからさ、家賃が半分になれば助かると思ってね」

ふたりは、その場でルームシェアの約束をした。

後日、飯島さんが引っ越しをして、佐野さんが借りているアパートの部屋に移り住むことになった。

ワンフロアに四部屋しかない、三階建てのアパートである。

佐野さんの部屋は、その二階だった。

その日から、男性ふたりの共同生活が始まった。

が、実際に暮らしてみると、思ったよりも息苦しくはならなかったという。

と言うのも、部屋にいる時間帯が、お互いにズレていたからである。

「佐野はクラブのオーナーを目指していたから、深夜に風俗店で働いていたんだよ。俺は大学の講義とバイトが、両方とも昼間だったし……都合が良かったんだ」

ルームシェアを始めてから約半年、生活は以前よりもだいぶ楽になった。

「まぁ、家賃が浮いたし、ふたりで助け合えることもあったからね。良いことが多かったんだけど……ひとつ、困ったことがあって」

佐野さんの借りているアパートがペットの飼育を許可しており、他の部屋で飼われている犬の鳴き声が、うるさくて敵わなかったのだ。

中でも一番に厄介なのが、隣室だった。

よほど躾《しつけ》が悪いのか、昼夜を問わず小型犬の無駄吠えが聞こえるのである。

また、上の階からは〈チャカ、チャカ〉と、犬の爪がフローリングを叩く音も聞こえてきたという。

「大学行って、バイトしてさ。疲れて帰ってきても、ぐっすり眠れないんだよ。でも、隣の住人と顔を合わせることがなかったから、中々文句も言えないし」

そんな状態が続いた、ある晩のこと。

夜中、飯島さんが寛《くつろ》いでいると、いきなり廊下で非常ベルが鳴った。

驚いて部屋を飛び出したが、別段に異常がある様子はない。

が、そのときに初めて、隣室の住人と鉢合わせすることになった。

隣人はガラの悪い身なりの中年男性で、酷く不機嫌そうな表情をしていた。

（うわっ、ヤクザだ）と怖くなり、黙って部屋に戻ろうとすると――

「おい、あんちゃんっ！」と、呼び止められた。

ビビって足を止めると、「手前《てめ》ぇんとこ、犬がうるせーんだよっ！」と怒鳴られた。

「………はぁっ？」

あまりの言い掛かりに、言葉を失った。

「でも、相手を見たら『それはそっちだろ』とも言い返せなくてさ……仕方ないから、部屋の中を見せてやったんだよ。そしたら、『犬、いねえな』って」

聞くと、隣人も犬の鳴き声を、煩わしいと思っているらしい。

しかし、同じ階には、他に空き部屋がふたつあるだけ。

「なら三階か？」と階段を上がると、廊下にアパートの大家が立っていた。

どうやら誤作動をした非常ベルを止めようと、警報機と格闘しているようだ。

だが、そんなことはお構いなしに、隣人が大家に苦情を言い立てた。

大家は黙って隣人の言い分を聞いていたが、やがておもむろに口を開いた。

「……いや、このアパートに犬を飼っている人はいませんよ。ペットは許しているけど、事前に申請書を出して貰っているんです。いまのところ、申請はないので」

それでも隣人は大家に食って掛っていたが、飯島さんは引き下がることにした。

大家が嘘を吐く理由が、見当たらなかったからだ。

「でも、部屋に戻ると、やっぱり鳴き声が聞こえるんだよ。それまでは隣室が犬を飼っていると決めつけていたから……一度、きちんと調べてみようと思って」

鳴き声が聞こえてくる方向に、耳をそばだててみる。

どうやら犬の鳴き声は、佐野さんが使っている二段ベッドの上段から聞こえてくるようだ。

（なぜ？）と訝しく思ったが、試しに寝床を探ってみると、一枚の写真が出てきた。

何とも可愛らしい、室内犬の写真だった。

——気がつくと、いつの間にか犬の鳴き声がやんでいた。

（これは……どういうことだ？）

飯島さんは翌朝帰ってきた佐野さんに、犬の鳴き声と、この写真のことを訊ねてみることにした。

「犬の鳴き声か……俺は聞いたことないけど、そうかもな。写真のこいつはさ、昔飼っていた犬なんだよ。俺、この犬のことが嫌いでさ」

写真に目を落としながら、嫌悪感に満ちた口ぶりで佐野さんが答えた。

そして、過去に起こった出来事について、話してくれた。

＊

小学校に上がった頃、佐野さんの母親が、子犬を飼いだした。

ふわふわとした毛並みの小型犬で、母親はその犬を溺愛したという。

だが、まだ幼かった佐野さんは、それが気に食わなかったらしい。

母親の愛情を、飼い犬に奪われたように感じたのである。

「で、面白くないからさ……親の目を盗んじゃ、その犬をいじめていたんだよ。まぁ、よくある子供の嫉妬心だよ。でも、蹴ったり、叩いたりした訳じゃなくてさ」

両親が不在のとき、嫌がるその子犬を箪笥《たんす》の上に乗せてやった。

子供でも手が届く背丈の箪笥だったが、よほど高い場所が怖いのか、子犬はキャンキャンと弱々しく鳴いた。

佐野さんは、箪笥の上で怯える子犬を眺めては、愉悦に浸ったという。

だがあるとき、とんでもないヘマをした。

いつものように犬をいじめていると、友達が遊びの誘いにきたのである。

犬をそのままにして、佐野さんは外出をした。

――帰宅すると、畳の上で犬が死んでいたという。

「多分、箪笥から落ちたんだろうな。お袋はえらく泣いていたけど、俺は……どうだったかな。ただ、そのことで叱られたりはしなかったよ」

と言うのは、彼には〈外で遊んでいた〉という、アリバイがあったからである。
結局、死因が不明のまま、両親は犬の話題を口にしなくなった。
が、暫くすると、佐野さんに奇妙なことが起こり始めた。
「――お前、何で犬の鳴き真似なんかしてんの？」
ときどき友達から、そんなことを言われるのである。
「だって、ずっとキャンキャン言ってるじゃん」
意味がわからず問い返した佐野さんに、友達たちは口を揃えたという。
もちろん、佐野さんには犬の真似をした記憶などない。
だが、どうやら知らないうちに、犬の鳴き声を呟いているらしいのだ。
しまいには、授業中に担任から注意されてしまい、彼は酷く傷ついたという。
無意識に〈犬の真似〉をしていることを、恥じたのである。
そして、死んだ飼い犬を、強く恨んだ。
「何だか、すごく腹が立ってさ。死んだくせに、俺に犬の真似をさせているのかって
……もっとも、あの犬が原因かどうかなんか、わかりゃあしないのに」
だが、憤懣《ふんまん》遣《や》る方ない佐野さんは、何とかして犬に仕返しができないかと考えた。
そして、思いついたのが〈犬の写真〉だったのである。

アルバムから写真を抜いてきて、犬の遺影に向かって罵詈雑言を浴びせたのだ。

「勝手に落ちたのにっ！」、「弱いくせに」と、散々に悪態を吐いてやった。

そうすることで、佐野さんの心は幾分軽くなったのである。

いつしか、無意識に〈犬の真似〉をすることも、なくなったという。

＊

佐野さんは話し終えると、無造作に写真をベッドに放った。

どうやら、いまでも時々、写真に不満をぶちまけることがあるらしい。

が、飯島さんは「お前それ、ダメだよ」と、強く彼を諌めた。

実際に写真が鳴いているところを確認した訳ではないが、犬の鳴き声は間違いなく佐野さんの二段ベッドから聞こえていた。

と言うことは、死んだ犬はまだ、佐野さんを恨んでいるのかもしれない。

そのことを懸念した飯島さんは、嫌がる佐野さんに無理矢理一万円札を握らせた。

そして「お祓いして貰ってこい」と、神社へ向かわせたのだそうだ。

翌日、佐野さんは「写真、お焚き上げしてきたよ」と、不機嫌そうに言った。

その結果――犬の鳴き声は、まったく聞こえなくなった。

「お祓いさせて良かった」と、飯島さんは喜んだという。

それから、三日が過ぎた平日。

バイト中、飯島さんに電話が掛かってきた。

出ると相手は警察で、いますぐアパートに帰ってきて欲しいとのことだった。

訳もわからず、急いで帰宅すると——

佐野さんが、死んでいた。

警官から聞いた話では、どうやら部屋の窓から転落したらしい。

が、彼らが住んでいたのは、アパートの二階である。

転落したからといって、おいそれと死ぬような高さではなかった。

「だから、警察も怪しいと思っていたみたいでね。長い時間、事情聴取を受けたよ。でも、佐野が死んだ時間はバイト中だったし……アリバイがあった訳だから」

後で知ったことだが、警察は隣室の住人にも、事情聴取を行ったらしい。

だがいくら調べても、事件性を見い出すことはできなかったようだ。

自殺の動機もなく、佐野さんは不慮の事故で亡くなったと結論づけられた。

だが、飯島さんには、腑に落ちない点がひとつだけ残ったという。

事情聴取が終わった後、警官から遺留品の確認を頼まれた。

故人が身につけていた物品に、過不足がないか確かめて欲しいというのである。

――遺留品の中に、あの〈犬の写真〉があった。

佐野さんの遺体は、この写真を握りしめた状態で発見されたらしい。

「でもアイツ、確かに『お焚き上げをした』って言っていたんだよ。実際、犬の鳴き声も聞こえなくなったし……だから、あの写真を持っていた理由がわからなくて」

数日後、飯島さんはアパートを引っ越し、別の場所で暮らすことにした。

元々、ルームシェアを前提として住んでいたので、未練はなかった。


その後、飯島さんは苦労の末、不動産会社の経営者となった。

だが、いまでも時折、佐野さんのことを想い出すことがあるそうだ。

「アイツとはさ、一緒にクラブの経営でもやろうかって、よく話をしていたんだよ。でも、俺は……その約束を、叶えられなかったんだ」

追憶から覚め、飯島さんは穏やかな表情でそう言った。

じりじりとんぼ

「私、高校のとき、ギャルやってたんですよ」

先日、居酒屋で知り合った藤宮さんは、清楚な雰囲気の可愛らしい女性である。

建築関係のエンジニア職に就いていると聞いて、人は見掛けによらないと感心していたが、それに加えて〈元ギャル〉発言である。

(面白い娘だ)と話し込んでいるうち、こんな体験談を聞かせて頂いた。


藤宮さんの実家は以前、両親と祖母の四人暮らしだった。

両親が家を空けがちだったので、幼い頃は祖母が面倒を見てくれていたという。

「いわゆる、おばあちゃん子だったんです。あの頃は、食事もお祖母ちゃんが作ってくれてたし、退屈なときはよく遊んで貰って」

しかし、幼かった彼女は、時折わがままを言って大人を困らせることもあった。

そんなとき、彼女を宥《なだ》めてくれたのも、祖母だった。

祖母はとても穏やかな人で、孫をきつく叱ることはなかった。

「わがままを言ってると、夜中に〈じりじりとんぼ〉が来ますよ」と言って、彼女を優しく窘めたのだという。

「その、じりじりとんぼってのが何なのか、よくわからなかったけど……子供心に、すごく怖くて。素直に嫌々をやめていたのを、覚えていますね」

そのため、彼女は幼い頃、とても聞き分けのよい子だったのである。

ある年の夏、藤宮さんは父親に連れられて、地元の夏祭りに行った。

彼女にとって、生まれて初めての夜祭りだったという。

境内に灯された電飾が燦々と煌めき、漫ろ歩くだけでも心楽しかった。

沢山の夜店を覗いて回り、途中で父親に綿菓子を買って貰った。

初めて口にした綿菓子は、舌の上でふわふわと甘く溶けた。

「普段、あまり父親と外出することもなかったし、そのとき食べた綿菓子が、あまりにも美味しかったから……それが、すごく特別なものに思えたんです」

藤宮さんは少しだけ綿菓子を食べると、残りはそのままに残した。

家に持ち帰って、祖母と一緒に食べようと思ったのである。

だが、帰宅して再び袋を開けると——綿菓子が萎んでいた。

飴が湿気で縮み、空気が抜けてしまったのである。

彼女は散々に泣いて、「もう一度、買いに行く」と駄々をこねた。

いつもと違い、祖母にも手がつけられないほどの騒ぎようだったという。

「きっと、お祭りがすごく楽しかった分、悔しく思ったんですね。まぁ、子供だから。でも、どうしようもないし……結局、泣き疲れて、寝ちゃったんですよ」

藤宮さんが自室の布団で目覚めたとき、部屋の中はまだ暗かった。

どうやら夜明けまで、だいぶ時間があるようだ。

(何で、眠くないんだろう?)と、不思議な気持ちで天井を眺めた。

すると、遠くで蝉の鳴き声が聞こえてきた。

油蝉だろうか、ジー、ジーと一定の間隔で鳴いている。

聞いていると、鳴き声が徐々に近づいてくるようだ。

――違う。蝉の鳴き声じゃない。

「じりじり　じりじり」

さっきまで蝉だと思っていた鳴き声が、明らかに別のものに変わっていた。

虫の鳴き声というよりも、むしろ人の呟き声のように聞こえる。

(わがまま言ったから……ほんとに、じりじりとんぼが来たんだ)

そう思った途端、怖くなった。
「じりじり　じりじり」
鳴き声は、どんどんと近づいてくる。
どうやら、藤宮さんの家のすぐ傍にまで来たようだ。
そして、――いつしか鳴き声は、家の中から聞こえるようになった。
一階の廊下から、ゆっくりと階段を上がってくる。
(やだ、怖いっ！)
彼女は頭からタオルケットを被り、必死に身体を縮めた。
やがて、彼女の頭上で「じりじり　じりじり」と声がして――
震えているうちに、いつの間にか彼女は眠りに落ちていた。
翌朝、部屋を調べたが、誰かが入ってきた形跡は見当たらなかったという。
「結局、自分でも記憶があやふやになって、いつの間にか忘れちゃったんです」

数年後、藤宮さんは高校生になった。
その頃の彼女は、あまり学校に行かず、友達と遊び回っていたという。
「中学までは、まじめにやってたんですけど……女子高に入って、遊んでる子たちのグループとつき合いだしたんです。メークして、夜にも出歩くようになって」

心配した両親は、事あるごとに彼女をきつく諫めた。

だが、当時の彼女にとってはウザいだけ。

幼い頃、あれほど懐いていた祖母とも、滅多に顔を合わさなくなっていた。

たまに廊下ですれ違っても、挨拶すら交わさない。

祖母は心配そうに彼女を見詰めていたが、決して叱ろうとはしなかった。

「反抗期って言われれば、それまでなんですけど。あの頃は、友達や彼氏と一緒にいることが楽しくて……それのどこが悪いのって、思い込んでいました」

あるとき、カラオケの朝帰りを両親に咎められ、激しい口論となった。

「もういいっ！　こんな家、二度と帰らないからっ！」

両親の言い分に強く反発した彼女は、そのまま家を飛び出したという。

そして暫くの間、数人の友人宅を泊まり歩いた。

「でも当然、友達だって家族がいるし、そんなに長くは泊まれないんですよ。食事だって、毎回お世話になる訳にはいかないし……結局、居場所がなくなってきて」

そんなとき、ある友達から「うちがバイトしてる、ネカフェに来なよ」と誘われた。

夜間だけなら、空き室を自由に使っても良いと勧めて貰ったのである。

もちろん、店側には内緒だが、夜はワンオペなので露見する心配はない。
食事とシャワー代は、自分持ちである。
それでも気兼ねする必要がないので、友達の家よりは快適に暮らせたという。

藤宮さんがネットカフェに住み始めて、三日目の晩のこと。
個室でスマホを弄っていると、妙な気配に気がついた。
彼女が使っている部屋の前を、誰かがうろうろと歩き回っているのである。
最初は〈漫画でも探してるのか〉と思ったが、どうも違う。
そいつは本棚に向かう訳でもなく、個室前の廊下を往復するだけだった。
(この人、何してるんだろう?)
気になって、廊下の気配に耳を澄ませた。
「じりじり　じりじり」
低く呟く声が、聞こえた。
聞き覚えのある言葉だったが――
記憶を呼び覚ますのに、僅かな間を要した。
(これって……じりじりとんぼ?)

記憶が甦るのと同時に、廊下から人の気配が消えた。

どうやら、ネットカフェから出て行ったらしい。

「何で、廊下にいた人が、『じりじり』って言ったのか、わからなくて。でも、あまり怖いとも思いませんでした。そこって、個室の壁と天井に隙間が開いているタイプの店だったので、何かあればすぐ助けが呼べるし……お客さんも、大勢いましたから」

第一、子供の頃に聞いた作り話を、いまさら真に受ける年齢ではない。

さして気にもせずに、藤宮さんは再びスマホ弄りに没頭した。


「……じりじり　じりじり」

その日の真夜中、奇妙な声で目を覚ました。

無機質にざらついた、呟き声だった。

「――だれぇ」と、寝惚けながら視線を上げる。

目の前に、巨大な〈とんぼ〉がいた。

個室一杯に広がった透明な羽と、だらりと垂れた尻尾。

ヘルメットほどの大きさの複眼が、虹色に輝きながら藤宮さんを見詰めている。

――えっ、えっと？　とんぼ？

状況を理解するのに、数十秒の時間が掛かった。

「じりじり　じりじり」

空中に静止しながら、再び巨大なとんぼが鳴いた。

どこに口があるかわからないが、明らかにとんぼが声を出しているようだ。

とんぼは、藤宮さんをじっと見詰めて――

見切りをつけたかのように、音もなく天井近くまで飛び上がった。

そして、そのまま天井の隙間を抜けると、どこかへ姿を消してしまった。

だが、とんぼがいなくなっても、彼女は暫く動けなかったという。

（こんなところには、いられない）

夜が明けると、彼女は手荷物を纏めてネットカフェを後にした。

「でも、他に行く当てもなくて。朝から、友達の家には行けないし……だからって、怖くてネカフェにも戻れなくて」

仕方がなく、藤宮さんは自宅に帰ることにした。

彼女が家出をしてから、すでに一ヵ月。

貯金が底をついて、食費にも事欠くようになっていた。

とぼとぼと、重い足取りで自宅まで歩き、玄関でチャイムを鳴らした。
だが、誰も出てこなかった。
平日の早朝、普段なら両親が家にいる時間である。
なのに、家に人がいる気配がない。
スマホで連絡する気力もなく、玄関前で家族の帰りを待つことにした。
自家用車で両親が戻ってきたのは、朝の八時を回った頃だったという。
家出を咎められると覚悟していたが、叱られはしなかった。
ただ、「病院にいくから、乗りなさい」とだけ言われ、黙ってそれに従った。
病院に向かう途中、祖母がいま危篤状態にあると聞かされた。
（……ああ、そうなんだ）
彼女は最初、遠い他人ごとのように感じたらしい。
あまりにも色々なことが起こり過ぎて、現実感を失っていたのかもしれない。
が、――病院のベッドで横たわる祖母を見て、彼女の気持ちは変わった。
元々、小柄だった祖母の体が、もう一回り小さくなっていた。
顔色は黒ずんで、まったく生気が感じられない。
（お祖母ちゃん、もう死んじゃうんだ）

祖母の前に立ってやっと、その言葉の重さを理解することができた。

「そのときに、初めて心の底から反省したんです。幼い頃、あんなに世話になって……お祖母ちゃんのこと、大好きだったのに。いままで自分が、どれほどお祖母ちゃんに心配を掛けていたのか……そう思ったら、涙が止まらなくて」

彼女が〈真面目に生きよう〉と心に誓ったのは、そのときだった。

優しかった祖母に、少しでも報いたいと願ったのである。

「最後だから、お祖母ちゃんにお別れをしなさい」

そう言って、母親が藤宮さんの肩を押してくれた。

祖母の意識がもう回復しないことは、すでに聞かされている。

それでも藤宮さんは、朽木のようになった祖母の手を、強く握りしめたという。

「お祖母ちゃん、いままでごめんね。いっぱい、心配かけちゃったね。私、これから頑張って、真面目に生きるから……もう、心配しないで」

彼女が声を掛けると——

その瞬間に、小さな奇跡が起きた。

昏睡状態の祖母が、手を握り返したのである。

そして、両目をしっかりと見開くと、彼女を見詰めて——

『じりじり　じりじり』と、言った。

祖母が亡くなったのは、それから数分後のことだった。

ひとふさ

以前、神奈川で教職に就かれていた古川さんに、取材をさせて頂いた。

彼が大学生だった頃の話というから、いまから四、五十年も昔の出来事である。

当時、古川さんは大学で、クラシックギター部に所属していたそうだ。

部室で連日、練習漬けの日々を過ごしていたというが、あるとき部活の仲間から、ちょっとした頼みごとをされた。

「古川、悪いんだけどさ。お前、中澤さんの様子を見てきてくれないか」

中澤さんというは、同じ部活の、ひとつ上の先輩である。

夏休みが明けてひと月が経つのに、その中澤さんが大学の講義に出てこないらしい。

下宿するアパートに何度か電話を掛けてみたが、連絡が取れないのだという。

言われてみれば、古川さんも最近、中澤さんの姿を見た記憶がなかった。

「その頃、俺は実家から大学に通っていてさ。中澤さんのアパートが通学路の途中にあったんだよ。だから帰宅のついでに、見てきて欲しいって頼まれたんだ」

断る理由もなく、古川さんはふたつ返事で快諾したという。


その日の夕方、古川さんは初めて中澤さんの下宿先に立ち寄った。

二階建ての小さなアパートだったが、建屋はさほど古びれてはいない。

先輩の部屋を表札で探すと、早速ドアの前で呼び鈴を押してみた。

が、いくらチャイムを鳴らしても、反応がなかった。

留守だろうか？　と半ば諦めつつ、試しにドアノブを回してみた。

すると、意外にも鍵が掛かっていなかった。

「あのー、古川ですが……中澤先輩、いらっしゃいますか？」

断りを入れながら、ドアを開けて――

室内の異様さに、絶句した。

六畳一間しかない部屋の壁中に、びっしりとお経が書き込まれていたのである。

恐らく筆で直接書いたのだろう、壁紙に墨汁が滲《にじ》み込んでいるようだった。

乾いた墨汁の臭いが、玄関にまで漂っている。

「元々中澤さんとは、さほど親しくなかったんだが……まさか借家に、あんなことをする人だとは思っていなくてね。まともな精神で、住める部屋じゃなかったから」

漠然と壁を見詰めていると、妙な物音が聞こえてくることに気がついた。

部屋の中で、誰かがぶつぶつと呟いているようなのだ。

思わず「先輩」と、声を掛けようとして——やめておいた。

あまり深く関わらないほうがよいと、思い直したからである。

そのままドアを閉めると、古川さんは足早にアパートから立ち去った。


「部活の連中には『先輩は留守だった』と言っておいたんだ。さすがに、あの部屋の状況を説明するのも気が引けてね。でも、そうしたらさ……」

数日後、「よっ、元気にやってる？」と、中澤さんが部室に顔を出したのだという。

多少やつれた印象があるが、明るい表情をしていた。

だが、その様子を見て、古川さんは大変に驚いたという。

中澤さんは精神を病んでしまい、もう学校には出てこないかもしれないと、勝手に思い込んでいたからである。

「古川さぁ、こないだは部屋まで来てくれたのに、相手できなくて悪かったな。それで、重ね重ねで申し訳ないんだけど……少し、金を貸してくれないかな？」

中澤さんが、矢継ぎ早にそんなことを頼んできた。

が、事情がまったく理解できない古川さんは、中澤さんに説明を求めたという。

金を貸すかどうかを、迷った訳ではない。

そんなことより、なぜ中澤さんは学校を休んでいたのか、そして彼の自宅アパートの異常さは何だったのか、その理由を知りたかったのである。

しかし、中澤さんは「ゆっくりしていられない」と、焦っているようだった。

聞くと、彼はこの後すぐに、最寄りの駅へ向かうのだという。

仕方なく、古川さんは駅まで中澤さんをお見送りして、その道すがら事情を聞かせて貰うことにした。

――俺さぁ、妙な女に……憑りつかれているんだよ。

駅に向かう途中、中澤さんが溜息交じりに言った言葉である。

彼の表情は真剣そのもので、ふざけている様子ではなかった。

「こないだの夏休みに、地元の仲間と長野にあるN湖へ遊びに行ったんだよ。そしたらさぁ……色々と、大変な目に遭って」

聞くと、中澤さんはその湖で溺れたらしい。

一時は呼吸が停止していたというから、かなり危険な状態だったようだ。

そのときの状況を、中澤さんはこんな風に説明してくれた。

＊

その日、中澤さんは仲間たちと、ボートを借りて水遊びをした。
だが、強い日差しに照らされているうちに、「泳ごうか」という話になった。
水着はないが、湖岸から離れた場所ならパンツ一丁でも構わない。
各々がボートから飛び込み、水面で涼を取り始めた。
中澤さんもそれに倣ったが、ふと、湖の底まで潜ってみたくなった。
湖の水がとても澄んでいるので、湖底はどうなっているのか興味が湧いたのである。
仲間たちには声を掛けず、ひとりで深く潜ってみた。
そこには、湖面からは想像もできない、玄妙な世界が広がっていたという。
黒々と繁茂した長細い水草が、湖底のうねりに激しく逆巻いていたのである。
まるで、足元から黒煙が立ち昇ってくるような、迫力のある光景だった。
何度か湖面へ息継ぎに戻りながらも、中澤さんは水草の茂みを眺め続けたという。
すると――水草に〈ぽんっ〉と、白い玉が浮んだ。
手毬ほどの大きさの玉が、黒い茂みの中央に漂っているのである。
（えっ、これは……？）
驚いて凝視すると、その白い玉と目が合った。

黒目がちの綺麗な瞳が、凛として中澤さんを見上げている。
玉だと思っていたその白いものは、女性の顔だった。
それも、ひと目で見惚れてしまうほどの、端正な顔である。
その白面の周りには、とき解れた黒髪のように水草が妖しく舞っている。
――あの女に近づきたい、と中澤さんは思った。
いつしか女は、真っ白な腕を伸ばして、頻りに手招きをしている。
どうやら中澤さんを、水草の葉叢に誘い込もうとしているようだ。
だが、彼は（行かなくては）と、ぼんやり考え――
やがて、目の前が暗転した。

中澤さんは、N湖の近くにある病院で意識を回復した。
湖底で気を失っていた彼を仲間が見つけ、急いで引き上げてくれたのだという。
医師から説明を受け、「危うく、死ぬところだった」と教えられた。
だが、それで終わった訳ではなかった。
中澤さんが意識を回復した晩、病院のベッドの脇に女が立ったのである。
驚くほどに背の高い、美しい女だった。

窓から差し込んだ月明かりに、膝下まである長い黒髪が艶々と輝いている。白いブラウスにロングスカート、そして透き通るような白い肌。

湖の底にいた女だ——と、思った。

優しく微笑みながら、その女は中澤さんを見詰めていた。

だが、今度ばかりは、強い恐怖感を覚えた。

湖で危うく殺されかけ、その上、病院にまで追ってこられたのである。

その執着の強さに、底知れない気味の悪さを感じたのだ。

中澤さんはぎゅっと目を瞑り、布団を頭から被って耐え続けた。

明け方に、一度だけ耳元で女の声を聞いた。

『一緒に……来て』

その日、中澤さんは無理矢理、病院を退院することにした。

このままだと、再び湖の底に連れ戻されそうな気がしたからである。

だが、東京にある自分のアパートに戻っても、まったく事態は変わらなかった。

夜になると、あの長い黒髪の女が現れるのである。

しかも、病院で見たときと、少し様子が違う。

狂ったような強い怨色に染まった顔つきで、じっと中澤さんを睨んでくるのだ。

命を守るための抵抗ではあったが、それでも女は部屋に現れたという。

一晩中、お経を唱えているため、日中にしか睡眠が取れなくなった。

そして、陽が落ちると、部屋の隅でお経を唱えることにしたのである。

中澤さんは、本屋から経本を買ってきて、墨で壁中に写経をした。

（こいつ……どうしても俺を、湖に連れ戻したいのか？）

＊

――このままだと、あの女に取り殺される。

真剣な表情で、中澤さんは自身に起こった出来事を説明してくれた。

そして、折り畳まれた一枚の紙きれを、古川さんに手渡した。

開くとそれは、雑誌の切り抜きだった。

紙面には〈悪霊、憑き物払い〉と書かれた、○○という寺の取材記事がある。

なんでも中澤さんは、その日の午前中、買い出しのついでに立ち寄った本屋で、偶然この記事を見掛けたらしい。

「少し読ませて貰ったけど、近畿地方にある○○寺が悪霊を退治してくれるって、そんな内容の記事が書かれていたよ。いや、俺はその記事、すごく胡散臭く感じたけど……でも、先輩の入れ込みようは、尋常じゃなかったね」

どうやら中澤さんは「この寺なら助けてくれる」と、信じ切っているようだ。そうなると居ても立ってもいられなくなり、身支度もそこそこに下宿から飛び出してきたと言うのである。

「それで先輩、途中で旅費が足りないことに気づいたらしくてさ。金を借りに、大学に立ち寄ったと言うんだよ。でも、その寺って、東京からかなり離れていて」

すでに時刻は、午後三時過ぎ。

これから電車に乗っても、今晩中に寺に到着できるとは思えなかった。

「先輩、今日はもうやめたほうがいいですよ。明日の朝、出発したらどうですか?」

心配した古川さんは、逸る中澤さんを引き留めたという。

だが、少しでも早く寺に行きたいからと、中澤さんはまったく聞く耳を持たない。見送ってくれた礼を言うと、彼は改札口に消えていった。

「それが、俺が中澤さんを見た最後だったよ。暫くして、先輩は大学を辞めてしまったからね……だから、改札で見送ってから『何があった』のかは、直接聞いてはいないんだ。ただ、だいぶ後になってから、先輩の友人と話す機会があって」

中澤さんは帰宅した後に、その友人にだけ〈事の顛末〉を詳しく語ったらしい。

——以下は、古川さんが先輩の友人から、聞き出した話である。

＊

中澤さんが駅に着いたのは、午後十一時を回った頃だった。

目的地である寺は、そこから更に数十キロも離れた山の頂上にある。

昼間なら、参拝客向けにバスが運行しているが、この時刻では望むべくもない。

タクシー乗り場にも車影はなく、営業している飲食店も見当たらなかった。

途方に暮れ、寄る辺もなく周囲を散策すると、街角に交番を見つけた。

（駄目元で、お巡りさんに相談してみるか……）

早速訪いを入れ、駐在している警官にこれまでの事情を説明した。

「キミねぇ……いまからじゃ、どこにも行けないよ。第一、○○寺さんだって、この時間じゃ、とうに閉まっているから」

そう言って警官は渋い顔をしたが、中澤さんはそこを何とかと、強く懇願した。

どうしても、今夜中に寺に着きたかったのである。

すると警官は「一応、聞いてみるから、待っていなさい」と、電話を掛けてくれた。

どうやら、どこかのタクシー会社に、直接掛け合ってくれているらしい。

「良かったなぁ。知り合いの運転手が、車を出してくれるそうだよ。ただ、だいぶ無理を聞いて貰ったから、ちゃんとお礼を言って、な」

暫くすると、交番の前に一台のセダンが停まった。
車体の表示から、個人タクシーであることがわかる。
世話になった警官にお礼を言い、急いで後部座席に乗り込んだ。
ゆっくりとタクシーが進み出すと、ようやくひと息吐くことができた。
（このまま山頂の寺まで行ければ、何とかなるだろう）
思えば、夏休みに湖で溺れて以来、気の休まる時間などなかったのである。
だがそれも、もうじきに終わる。
寺でお祓いさえ受ければ、すべてが元通りとなるのだ。
やがて、タクシーは田舎町を抜け、鬱蒼とした山林へと入り込んだ。
途端に、車窓が漆黒の暗闇に覆われ、何も見えなくなった。
唯一、山道を照らすヘッドライトだけが、ぼんやりと路面を照らしている。
タクシーの車内は静かで、まるで時間が止まってしまったかのようだ。
それでも、あと少しで寺に着くと考えると、胸の高鳴りを押さえることができない。
何度も腕時計を確認し、目的地に到着する瞬間を待ち続けた。
が、――どうも、おかしい。
あまりにも、時間が掛かり過ぎている。

雑誌の切り抜きには、目的の寺までバスで三十分と書いてあった。
しかし、中澤さんがタクシーに乗ってから、ゆうに一時間は経っているのである。
ヘッドライトの先に目を凝らしても、茫洋とした樹影が延々と続くだけ。
「まだ、掛かりますか？」と、運転手に聞こうとして――やめた。
考えてみると、タクシーに乗ってから、一度も運転手と言葉を交わしていなかった。
行き先を伝えたときも、黙って頷いただけ。
無理に車を出させたので、運転手の機嫌が悪いのかもしれない。
だが、いつになったら目的地に着くのか、説明がないのも不自然である。
「あのぅ、すみません……」
我慢ができなくなり、遠慮気味に声を掛けてみた。
――が、返事がない。
運転手は黙ったまま、身動《みじろ》ぎすらしない。
「すみませんっ！」
今度は少し声を張り上げて、呼び掛けてみた。
だが、やはり返答はなかった。
タクシーは黙々と、真夜中の山道を走り続けている。

後部座席の薄暗闇の中、中澤さんは段々と怖くなってきた。
じっとりと脂汗が額に滲み、足はがたがたと震えるばかりである。
「あのっ、運転手さんっっ!!」
中澤さんは大声を上げながら、運転手の肩を強く揺すってみた。
張り詰めた緊張感に、耐えられなくなったのだ。
すると——運転手の帽子が、ずるりと落ちた。
瞬間、そこから黒々と艶めいた長髪が〈ざぁっ〉と、流れ込んできた。
後部座席に溢れ返るほど、大量の黒髪が広がって——
中澤さんは気を失った。

＊

翌朝、中澤さんが乗ったタクシーが、○○寺の山門近くの崖下で発見された。
杉の巨木に引っ掛かっているのを、偶然に寺男が見つけたのである。
救急搬送された中澤さんは、二週間ほど地元の病院で治療を受けることになった。
その後、寺でお祓いを受けて、彼は命からがらに帰ってきたのである。
「でもな、中澤さんはそのときの怪我が原因で、片足が不自由になったと聞いたよ。

それで……車の転落事故のことも、少し詳しく教えて貰ったんだ」

地元の警察が、タクシーの転落事故について調査を行っていた。

その結果、いくつか不明な点が残ったという。

まず、タクシーを運転していた人物の、所在がわからなかった。

レスキュー隊が救助に駆けつけた際、車内には中澤さんしかいなかったのだ。

そのため、警察は付近に緊急捜索網を引いたというが、結局、転落事故を引き起こした人物は捕まらなかったという。

当然、個人タクシーの〈本来の〉運転手にも、警察の捜査は及んでいる。

驚いたことに、警官が電話を掛けたあの晩、タクシーの運転手は不在だったらしい。

親戚の家で法事があり、夕方から自宅を空けていたというのである。

だとすると、誰が電話に出て、勝手に他人のタクシーを乗り回したのか?

その人物の正体も、犯行目的さえ、誰にもわからなかったのだ。

そして、もうひとつ判明しなかったことがある。

中澤さんが、タクシーから救助されたとき――

彼の足元に、ひとふさの長い黒髪が落ちていたという。

その髪が一体誰のものだったのか、それすらもわからなかったのである。

あとがき

この度は、『実話怪事記　憑き髪』をご購読頂きまして、誠に有難う御座います。

怪談作家をやらせて頂いております、真白と申します。


本作は、著者にとって六冊目の単著となります。

思えば、「実話怪談」を執筆するようになって、はや六年の歳月が過ぎております。

正直に申しますと、「怪談書き」を始めた当初は、ここまでの冊数を重ねることができるとは、まったく予想しておりませんでした。

これも一重に、体験談をご提供頂きました皆様、また実話怪談というジャンルに愛着を持ち、ご支援を頂いております皆様のおかげと、深く感謝をしております。


さて、この「あとがき」を書くのも、本作で六度目となります。

毎回、沢山の方々に、お話を聞かせて頂いております。

特に今回は、筆者が勤めている会社内で、幾つか面白い〈体験談〉を聞かせて頂くことができました。

例えば本文中の「七人」などは、今年入社して、研修期間中の新入社員の方に聞かせて頂いたお話です。また、同じ職場にいても、いままで「怪談的な会話」を交わしたことのなかった方から、採話させて頂くこともできました。

聞くと皆さん、「普段は、(幽霊を見たことを)他人には話さない」と、口を揃えたように仰います。

筆者のような怪談馬鹿には理解し難いのですが、〈不思議な体験〉をしたと公言すると、世間から奇異な目で見られる風潮があるのかもしれません。

もっとも、そう言った方々が心に秘めている〈体験談〉を掘り当てることこそが、怪談書きをやっている醍醐味だとも感じておりますので……因果な商売です。

また今回は、筆者が中学生だった頃に聞いた話も、掲載させて頂きました。

最終話として執筆した「ひとふさ」です。

最初にこの話を聞かせて頂いたのは、中学の授業中のことでした。

担任のF先生が、(何を思ったのか)突然にご自身の体験談を語り始めたのです。

まだ、「実話怪談」などという言葉もない時代、何の予備知識もなく「怖い体験談」を聞かされたのですから……忘れ難い恐怖と、衝撃を感じたものです。

それからずっと、この話を書いてみたいと思っていたのですが、さすがに三十数年前に聞いた話なので、細かい部分をかなり忘れておりました。

そこで四年前、駄目元と思いつつ、F先生に連絡を取ることにしたのです。

幸いにも、F先生はまだご健在で「会ってもいい」と、面会をご承諾頂けました。

もちろん、筆者のことは微塵も覚えておられないご様子でしたが、その場で色々とお話をし、また「ひとふさ」について執筆の許可を頂くことができました。

ただ、驚いたことに――

いざ書こうとすると、まったく筆が進みませんでした。

思い入れが強かったせいか、何度書いても、上手くいかなかったのです。

結局、今回上梓させて頂くまでに、六回ほど〈途中まで書いて、全部消去する〉を繰り返すことになりました。

それが恥ずかしくて、その後、F先生にはご挨拶も出来ておりません。

今回、本著の出版をもって、改めてお礼させて頂こうかと考えております。

では今回も、執筆するにあたって、お世話になった方々にお礼を。

いつも、多大なるご支援を頂いておりますSさん。

デザイナーのT様、取材を快く引き受けて頂きました、T様、Y様、C様。

体験談をお持ちの方を、数多くご紹介して頂いておりますO先輩。

また、怪談の試し語りをさせて頂いております、K様。

毎回、ギリギリまでご迷惑をお掛けしている、編集のN様。

そして、先日の出版イベントにお邪魔した際に、「いまここで、怪談を話せ」とお声がけして頂きました、平山先生。

無茶振りが過ぎます（まぁ、逃げましたが）。

その他、沢山の方々に大変お世話になっております。

誠に、感謝の念に堪えません。


では、最後に読者の皆様に深くお礼を申し上げつつ、本書の締めとさせて頂きます。

二〇一九年十一月四日　ルノアールにて

実話怪事記　憑き髪

2019年12月6日　初版第1刷発行

著者　真白 圭
企画・編集　中西如（Studio DARA）
発行人　後藤明信
発行所　株式会社 竹書房
〒102-0072 東京都千代田区飯田橋2-7-3
電話03（3264）1576（代表）
電話03（3234）6208（編集）
http://www.takeshobo.co.jp
印刷所　中央精版印刷株式会社

定価はカバーに表示しています。
落丁・乱丁本の場合は竹書房までお問い合わせください。

ISBN978-4-8019-2082-8 C0193